神スキル『アイテム使用』で異世界を自由に過ごします ３

雪月花
Setsugekka

Illustration
にしん

目次

登場人物紹介
CHARACTER
品《しな》川《がわ》裕《ゆう》次《じ》郎《ろう》
『通販』のスキルを持つ転移者。他にも『炎熱操作』『氷雪操作』をユウキから貸し与えられている。
ガルナザーク
かつて勇者に倒された最強の魔王。今はユウキのホムンクルスに魂が宿っている。
安《あ》代《しろ》優《ゆう》樹《き》
元サラリーマンの青年。アイテムを『使う』と様々なスキルを手に入れられる。
ファナ
額に角を持つ不思議な少女。〝虚ろ〟という謎の力が宿っている。

ミーナ
エセ中華風の口調が
特徴的なリリムの姉。
ユウキの協力で新たな
魔王となった。
リリム
ガルナザークの
娘である魔人。
一見ちゃらんぽらんだが
『読心術』は強力。
ブラック
ユウキの眷属と
なった黒竜。
美少年の姿に化けるが、
千年以上生きている。
イスト
古城で暮らしていた
変わり者の魔女。
異界の門を開く研究を
していた。

第一使用　パラケルスス

オレの名前は安代優樹《あしろゆうき》。

異世界ファルタールに呼び出された転移者だ。

当初、オレは呼び出した張本人の国王に捨てられる形で、この異世界に放り出された。

というのも、オレが宿したスキル『アイテム使用』が、アイテムを使用するだけのゴミスキルであると思われたからだ。

しかし、その理解は表面的なものに過ぎなかった。

『アイテム使用』というスキルは、使用したアイテムを吸収し、その特性を宿したスキルを手に入れるという、まさにチートスキルであったのだ。

その後、オレは辺境の古城に住む魔女イストと出会い、彼女の研究を手伝っていたところ、ファルタールとも違う異世界より、ファナと名乗る少女を呼び出してしまう。

オレとイストは、この世界に召喚してしまった罪の意識から彼女を保護するが、ファナの健気《けなげ》な性格に、いつしか親のような気持ちを感じるようになっていた。

そんな中、ファナの体調に変化が訪れる。

それは彼女の右目に宿った謎の黒い穴――〝虚ろ〟と呼ばれるものの影響であった。

日に日に体力を奪い、ファナの命を削る〝虚ろ〟の症状をなんとかするべく、オレはこの異世界で出会った仲間達と共に、魔物と魔人が支配する領土『魔国《まこく》』を目指した。

そこでは、『六魔人《ろくまじん》』と呼ばれる六人の魔王候補による権力争いが行われていた。

中でも第一位、第二位、第三位の実力を誇る魔人達は、かつてこの世界を支配していた魔王ガルナザークの子供達であった。

オレはまずその中の一人、第三位の魔人リリムを下し、彼女を仲間にすると、続けて第二位の実力を持つ魔人ミーナと同盟を結ぶ。

その後、魔人ミーナを魔王にするための試練に協力し、ついには第一位の魔人ベルクールを倒すことに成功する。

そうして魔国を統一したオレ達は、ファナを救う情報を得るために、かつての魔王ガルナザークが封印していた扉を開く。

そこで目にしたのは、ファナの右目に宿る〝虚ろ〟と全く同じものであった。

封印されていたその〝虚ろ〟の力をファナに与えることで、ファナの衰弱は回復した。

これでようやく平和が訪れ、オレ達の間にも平穏な時が流れる——と思った矢先、ファナの〝虚ろ〟に共鳴するように、異世界へと通じる扉が開かれる。

その扉から現れたのは、銀色の髪をなびかせる一人の魔術師。

男の名はパラケルスス・フォン・ホーエンハイム。

今ここに、ファナを巡る戦いが始まろうとしていた。


「パラケルスス……ホーエンハイムって……あいつがお前の父親だって言うのか？　イスト」

オレは突然目の前に現れた、手に真っ赤な石——『賢者《けんじゃ》の石《いし》』を握る銀髪の魔術師を見つめながら、隣に立つイストに問いかける。

「……ああ、その通りじゃ。儂《わし》の本名はイスト・フォン・ホーエンハイム。儂が長年異世界の門を研究していたのも、別世界に消えたあやつを捜《さが》すためじゃ」

告げられた真実に、オレは思わず息を呑む。

そうだったのか。だから、こいつはあれほど異世界の門を開こうと長年研究を……

「いや、だが待てよ。ってことはあいつは異世界に行ったんだよな？　なんで、この世界に戻ってきて……？」

「そのようなこと、儂にも分からぬ。ただ一つ分かっていることは——」

イストはチラリと、オレの腕にしがみついたままブルブルと震えているファナを一瞥《いちべつ》する。

「あやつの目的が儂やお主ではなく、ファナじゃということじゃ」

「…………」

確かに。ここに現れた瞬間、奴はファナを見て言った。「捜したぞ」と。

そして、もう一つ。奴はこうも告げた。「〝虚ろ〟は自分の物」だと。

つまり奴はファナを知っているどころか、ファナに宿っている〝虚ろ〟がなんなのかも知っている可能性が高い。

いや。それ以前に、もしかしたら元の世界でファナを奴隷《どれい》にしていたのは、こいつかもしれない。

そう思わせるほど、オレの腕にしがみつくファナの震えは尋常ではなく、今にも泣き出しそうなほど顔は青ざめている。

そして、そんなファナを見つめるパラケルススの目は、異常なまでに冷え切っている。

まるで顕微鏡《けんびきょう》で虫を見つめているかのように、奴の目からはファナに対する一切の感情を感じられず、そこにはただ『物』としての価値しか映していなかった。

「ファナ。さっさと戻るぞ。どこに逃げようと、お前に戻る場所などない。お前は私の道具として、その〝虚ろ〟を献上するのだ。ただそのためだけに生まれたのだから、その役割を全うせよ」

「……ッ」

パラケルススの言葉に固まるファナ。

蛇《へび》に睨《にら》まれた蛙《かえる》とはまさにこのことであろう。と同時に、今のセリフを聞くだけで、オレがこいつと敵対する理由には十分であった。

「待てよ。アンタがどこの誰で、イストの父親だか何だか知らないが、ファナを無理やり連れ去ろうとしても、そうはさせないぜ。この子は今やオレの大事な娘なんだ」

「……パパ……」

そう言って、オレはファナを庇《かば》うように一歩前に出る。

そんなオレを、ファナは顔を上げて見つめる。パラケルススも僅《わず》かに一瞥するが、まるで興味がないかのようにすぐに視線を外す。

「久しぶりだな、パラケルスス。よもや貴様と再びあいまみえるとは思わなかったぞ」

そんなパラケルススに声をかけるのは、オレと同じ姿をしたもう一人のオレ。

しかしその正体は、かつての魔王ガルナザークである。

今のガルナザークは、オレの『万能錬金術』によって生まれたホムンクルスを仮の器として宿っている。

そんなガルナザークを見やったパラケルススは、やはり先程オレに向けたのと同様の無機質な瞳のままで告げる。

「知らんな。生憎《あいにく》だが私は貴様のような存在など見覚えがない」

「……なんだと？」

それはオレの肉体に入っているためなのか、それとも本当にガルナザークの存在を忘れているのか、いずれにしろその発言は、プライドの高いガルナザークの逆鱗《げきりん》に触れるのには十分であった。

ガルナザークはこれまで感じさせたことのないほどの殺意をパラケルススに向けて飛ばすが、しかし、パラケルススはそれをそよ風のように受け流す。

やがて、僅かな溜息《ためいき》と共にパラケルススの視線はファナを捉える。

「ファナ。何度も言わせるな。私にはこのような場所で時間を無駄にしている暇はない。さっさと戻るぞ」

そうパラケルススが宣言すると、その右手に持っていた『賢者の石』が赤く輝《かがや》く。

次の瞬間、オレの背後にいたはずのファナの姿が消え、それから間を置くことなくパラケルススの隣にファナが移動していた。

「なっ⁉」

「⁉」

ファナの一瞬の移動に戸惑《とまど》うオレ達。

そんなオレ達の動揺にまるで興味がないのか、パラケルススはファナの右腕を乱暴に掴むと、そのまま背後にある黒いゲートへと近づく。

「！　ま、待てッ！」

オレは瞬時に右手に聖剣エーヴァンテインを生み出し、パラケルスス目掛けて駆け出す。

そんなオレに一拍遅れて、周囲にいたリリム、ミーナ、ブラック、裕次郎《ゆうじろう》も同時に駆け出す。

一瞬でも奴の動きを止められれば、その隙にファナを奪還する。

それが可能なだけの力量があると、オレは確信していた。

だが、そんなオレ達を前にパラケルススはただひと言を告げる。

「……『三虚兵《さんきょへい》』、片付けろ」

『三虚兵』？　なんだそれは？

パラケルススが呟《つぶや》いたその単語に一瞬眉をひそめるオレ達。

だが次の瞬間、パラケルススを襲撃しようとしていたオレ達の体を、謎の衝撃が吹き飛ばした。

「がっ!?」

「ぐっ!?」

「なっ!?」

「がはっ!?」

見ると、そこにはいつからいたのか、全身を黒いローブに包んだ謎の連中が三人、パラケルスス

を守るように立っていた。

「な……なんだ、あいつら……？」

脇腹を押さえながら立ち上がろとするオレやリリム達を尻目に、その内の一人が羽織《はお》っていたローブを脱ぎ去る。

ローブの下から現れたのは、可憐《かれん》な少女。

年齢はおよそ十四、五か。

雪のような白い髪と、まるで人形のような顔立ちに、一瞬寒気を感じた。

ノースリーブにスパッツという、おしゃれとはまるで無縁の格好は、機能性を重視した服装なのか。

そして、あたかもその証明のように、少女は左半身を前にして格闘術のような構えを取ると、起き上がりかけていたリリムの眼前へと一瞬で移動する。

「なっ!?」

その動きが予想外であったのか、リリムが防御するよりも早く少女の拳が腹に入り、間髪容《かんはつい》れず顎下《がくか》にも拳が叩き込まれる。

「がはッ……！」

「リリム！」

空中に吹き飛ばされるリリムを見て、すぐさま少女の背後目掛けて駆け出すミーナ。

しかし、死角から駆け寄ったにもかかわらず、少女はまるでそこから攻撃が来ると分かっていたかのように振り向きざまに足蹴りを放ち、ミーナがカウンターを食らう。

一連の光景を見ていた他のメンバー達もすぐさま援護に入ろうとするが、それよりも残る二人の敵の行動が早かった。

「ははは、おいおい。この世界の人間ってのは随分と野蛮《やばん》だなぁ。少しはお行儀《ぎょうぎ》よくできないのかぁ？　それともオレ様のギグが聞きたくてテンション上がってんのかぁ？　なら、ちょうどいいぜ。ついさっき出来た新作を特別に披露《ひろう》してやるぜ！」

そう言って、黒ローブの一人が背負っていたらしき楽器を両手に取る。

あれは……ギターか？

オレの知っている地球のものとは少々構造が異なるが、間違いなさそうだ。

そんなものでどうするのかと戸惑っているオレをよそに、男が楽器の糸を爪弾《つまび》くと、それは明らかに通常とは異なる旋律《せんりつ》を鳴らした。

「イヤハアアアアア――――――！！」

「……ッ、ぐあああああああぁぁ！」

「な、何この音……!?」

「うああああああああああ！」

「頭が……割れる……！」

男の楽器が奏《かな》でる音は、まるで振動波のように伝わってオレ達全員の鼓膜に響き、脳をグラグラと揺さぶってきた。

それは鈍器で頭を殴られるかのような衝撃。あるいはそれ以上。

三半規管の機能が乱れ、目の前の景色がぼやけ、立っていることすらできなくなってきた。

オレだけでなく、魔人であるミーナやリリム、ガルナザークですら影響を受けているようで、全員が片膝をつき、まともな動きを封じられている。

一方のパラケルスス達は、この音の中でもまるで平気な様子で立っていた。

おそらく、仲間には影響がないように能力の標的をオレ達に絞っているか、事前にこの能力を受けない何かを施《ほどこ》しているのだろう。

いずれにせよ、これはまずい状況だ。

オレは両手で耳を押さえながらなんとか立ち上がるが、その隙《すき》を逃さず、黒ローブの最後の一人がオレ達に向けて手をかざす。

「『重力操作』」

ローブの下でそんな男の声が呟いた瞬間、今度は感覚だけでなく、文字通り体を押しつぶすプレッシャーを受ける。

「がっ！」

「う、ぐッ……！」

「あああああッ！」

まるで見えない巨人に踏みつぶされているかのようだ。

地面にヒビが入るほどの圧力に、オレをはじめ味方全員がその場でうつ伏《ぶ》せに倒れ込む。

「ははは――！　どうしたどうした――！　オレ達のギグが激しすぎて、思わずひれ伏しちまったか――？　いいねいいね――！　そうやって観客が楽しんでくれると、オレ達も最高にハイってな気分だぜ――！！」

オレ達が倒れると、更に激しくギターの音が掻き鳴らされる。

「うああああああああああああ！」

「お、おのれ……！」

その爆音に、裕次郎やブラックはたまらずのたうち回る。

見れば、二人の耳からは血が流れていた。おそらく、あまりの衝撃で鼓膜をやられたのだろう。

それに構うことなく男は演奏を続け、更なるダメージを与えてくる。

「ぐ、うううううぅ……！」

オレは再び立ち上がろうとして四肢に力を入れるが、それをさせまいとしてオレ達を縛る圧力が更に重くなるのを感じる。

おそらく、最後のローブの男は重力を操作しているのだろう。

しかも、その圧力は半端なものではない。魔人や魔王の称号を持つリリム、ミーナ、ガルナザークですら、その場に蹲《うずくま》ったまま立ち上がれないほどの能力。

自分達の力に自惚《うぬぼ》れるわけではないが、少なくともオレ達を苦もなく押さえつけるこいつらは、明らかに異常な存在であった。

唯一動かせる視線を前方に向けると、そこにはパラケルススに腕を掴まれたまま泣き叫ぶファナの姿があった。

「パパー！！」

涙を流しながら必死でオレに助けを懇願《こんがん》するファナ。

冗談じゃない。

折角、命を救ったところだというのに、こんな連中にファナを奪われてたまるものか……！

オレは歯を食いしばり、泣き喚《わめ》くファナを救うべく、更に両手両足に力を入れる。

だが、耳に響く音圧と体を押しつぶす重力の前に、オレの体は思うように動かなかった。

「もうそこまででいいだろう。このような奴らに関わっている時間が惜しい。戻るぞ、セレスト、ボイド、メルクリウス」

「はい」

「へっ、なんだよなんだよ。今日のギグはこれでおしまいか。ったくやわな観客だぜ」

「…………」

セレスト、ボイド、メルクリウスと呼ばれた黒ローブの三人は、その場で身を翻《ひるがえ》すと、パラケルススの傍に開いていた黒いゲートの向こうへと進んでいく。

そして、最後にファナの腕を掴んだままのパラケルススがゲートの奥へと消えていくと、ゲートの向こうよりファナの絶叫が響く。

「パパーーーーーー!!」

それはかつて聞いたことがないほど悲痛なファナの叫び。

魂に訴えかけるような慟哭《どうこく》の声。

瞬間、オレは自身を襲っている重力の圧を打ち破ると、反射的に黒いゲートの方へと飛び出した。

「ファナーーーーー!!」

ゲートはすでに消えかけている。あと数秒も持たずに、オレ達のこの場所と連中が向かった先の世界を繋ぐ門は閉じられる。そうなれば、二度とファナと会うことはできない。

そう考えた瞬間、立ち止まるなんてことは一切できなかった。

仮にこのゲートの向こうから二度と戻れなくなったとしても、ここでファナを見捨てるよりは遥かにマシな選択だと、瞬時にそう判断していた。冷静に判断できる時間があったとしても、同じ選択をしただろう。

そして、そんなオレと同じ選択をした奴らは他にもいた。

「愚か者が。たった一人で連中に太刀打《たちう》ちできるとでも思っているか。相変わらずの単細胞よな」

「にゃははは！　お父様とユウキならこう行動すると思っていたのだ。私もやられっぱなしでは悔しいので一緒についていくのだー！」

見ると、ガルナザークとリリムがオレの両脇で共に駆け出していた。

「お前ら……」

おそらく、あの重力場を振り切って迷わず駆け出せたのがこの二人だけであったのだろう。

いずれにせよ、オレは二人に感謝しながら、共に黒いゲートの中へと潜る。

そして、オレの意識はそのままブラックアウトした。

◇　◇　◇

「ユウキ……リリム……それにガルナザーク……」

ユウキ達が突入すると同時に、黒いゲートは完全に閉じられる。

残されたイスト、裕次郎、ブラック、ミーナはなんとか立ち上がるが、先程の出来事を受けて誰もが苦々《にがにが》しい表情をしていた。

「くそっ、オレ達にもっと力があればユウキさんの後を追えたのに……！」

最初にそう吐き捨てたのは裕次郎であった。

それに同意するようにブラックも頷く。

「確かにその通りだ。連中の力に翻弄《ほんろう》されて、我々は戦力にすらなれなかった。主様の窮地にて助けにすら入れぬとは……眷属として失格だ」

彼らが動けるようになったのは黒いゲートが閉じた直後。即《すなわ》ち、連中の力が完全に消え去ってからであった。

あの場で動けたのは、ユウキに加え、魔人リリムと魔王ガルナザーク。そしてやはり魔王の称号を持つミーナであったが、彼女だけは先の三者が動いた瞬間、僅かに逡巡《しゅんじゅん》した。その一瞬の内に、ゲートは閉じてしまった。

「……それを言うなら私が一番失格アル。あの瞬間、私は門の向こうへ行けば、こちらへ戻れぬかもしれないと一瞬躊躇《ためら》ってしまったアル」

悔やむように告げるミーナ。

しかし、すぐさまイストがフォローする。

「いや、お主の判断は正しい。今やお主はこの魔国を支配する事実上の魔王じゃ。そんなお主が今いなくなれば、魔国は再び統治者を失い、混乱の渦中に逆戻りじゃ。そうなれば、折角訪れた魔国の平穏や人間国との和平すらなくなる。それだけはしてはならぬ。お主の判断は間違っておらぬぞ。魔王ミーナよ」

「……確かにそうアルが……けれども、私はユウキにたくさん助けられたアル……なのに、結果としてそのユウキを見捨ててしまったアル……」

理性では自分の選択が間違っていないと思いつつも、感情の面で己《おのれ》を許せず、爪が食い込むほど拳を握り締めるミーナ。

とはいえ、その想いはイスト達も同じであり、あの時実力が足りなかったばかりに動けなかった己こそが、と自分自身を責めていた。

「いずれにせよ。今、我々にできることは一つじゃ。なんとかして連中が消えた世界に我々も行く。その手段を見つけるのじゃ」

「でも、イストさん。そんなことが可能なんすか？」

「確かにな。そもそも連中がどこへ来たのかも分からんのだぞ」

イストの意見に疑問を投げかける裕次郎とブラック。

それに対し、イストはすぐに首を横に振る。

「それならば安心せよ。先程連中が消えた魔力の渦《うず》……時空の歪《ゆが》みはまだこの場所に残っている。この場所を起点として、異世界の門を開く術式を行えば、連中が消えた先の世界に繋がるはずじゃ」

「な、なるほどっす！」

イストの説明に納得する裕次郎。

しかし、それを聞いたブラックは何やら神妙な表情をする。

「異世界の門を開く術式、と言ったな、小娘。それはもしや以前、あの娘——ファナを呼び出すことになった例の儀式のことか？」

「そうじゃ」

ブラックの問いかけにすぐさま頷くイスト。

それを聞いて、ブラックはますます難しい顔をする。

「となると、厄介だな。あれをするには『転移結晶《てんいけっしょう》』が必要なはずだろう？」

「……その通りじゃ」

「なんすか、その『転移結晶』って？」

聞き慣れぬ単語について質問する裕次郎。

それに答えたのはブラックであった。

『転移結晶』とは、高い魔力を宿した自然物だ。普通は『転移石』と呼ばれるもので、これに魔力を込めると使用者がこれまで訪れたことのある場所へ転移する力がある。『転移結晶』はその上位互換で、長い年月をかけて『転移石』が巨大な結晶に成長したものだ。だが、そこまで巨大な結晶となるには数百年が必要だ。ただでさえ『転移石』自体が稀少な上、それが巨大に成長したものが必要となると、現状我々に打つ手はない」

「そんな……！」

ブラックの説明にショックの色を隠せない裕次郎。

そうして、もはやこれまでかと諦めかけた三人に、ミーナが救いのひと言を告げる。

「『転移結晶』ならば、私が持っているアル」

「え？」

「なんじゃと？」

「ほ、本当か⁉」

思わぬ発言に、一斉にミーナの方へ顔を向ける三人。

するとミーナは右手を地面に向け、魔力を放つ。

一瞬の閃光の後、そこには目も眩むほどの光を放つ『転移結晶』の姿があった。

「な、こ、これは……⁉」

「本物じゃ……これは紛《まぎ》れもない本物の『転移結晶』じゃ……！」

「す、すごいっす！」

突如現れた『転移結晶』を前に驚きを隠せない三人に、ミーナは胸を張って答える。

「ここは魔国。魔物や魔人が支配する魔境アル。そこには当然、人間国では手に入らない宝や魔力を宿した自然物も多くあるネ。この『転移結晶』もその内の一つアル。とはいえ、この魔国においても『転移結晶』は貴重な自然物アルし、私のいたイゼルが保管していた宝の一つアル。けれども、お前やユウキ達に対し、私は返しきれない恩があるネ。それを返せるなら『転移結晶』の一つや二つ、遠慮なく受け取れアル」

そこには、以前自分が受けた恩を返したいという想いと共に、異世界に行ってしまったユウキを助け出してほしいという想いが乗っているのを、イストは感じた。

「ミーナ……すまぬ。お主からの『転移結晶』、決して無駄にはせぬぞ」

「任せたアルよ」

イストからの返答を聞き、頷くミーナ。

そのままイストは、『転移結晶』を先程ユウキ達が消えたゲートがあった場所に置くと、懐《ふところ》から取り出した大きめの筆《ふで》で地面に魔法陣を描く。

それは単純な字形だけでなく、様々な地方の言語、あるいは古代文字も交えた不可思議な陣形であった。それを見ていたブラックは、一見デタラメに思えるその描き方の中に、ある一定の法則があることを感じ取った。更には、通常の魔術師であればこの陣を描くだけでも数週間の労力が必要となることにまで気づく。

「魔女娘。門を開くための術式の完成にはどれくらいかかる？」

『転移結晶』がある以上、あとは術式を描き、それに魔力を注《そそ》げば完成じゃ。しかし、問題はその術式じゃ。今現在我々がいるこの世界の位置、更にはユウキ達が消えた異世界の波動、その位置を特定し、数式を導き出すのに時間がかかる。少なくとも一週間は必要じゃな」

「一週間か……」

それを早いと取るか遅いと取るか。

ブラックも裕次郎も判断に迷った。

無論、普通の魔術師の観点から言えば、この一週間というのは異常な速さである。

しかし当然、ユウキ達が向かった世界でも同じだけの時が流れると考えるべきだ。

そうなった場合、最悪その間にユウキ達の命が奪われる可能性もあるかもしれない。

行けるのなら一分一秒でも早く行きたい。それがこの場にいる全員の本音であるが、かといって無理にイストを急《せ》かすことなどできない。

この異世界の門を開く術式を構築できるのはイストだけであり、その彼女が宣言した一週間という数字も、自身が一切の休憩を取らず不眠不休で行った上での時間であろう。

なればこそ、そんな彼女を急かすことはただの子供の癇癪《かんしゃく》と同じであると、ここにいる誰もが理解できている。

しかし、そんな冷静な思考とは裏腹に、焦る気持ちが皆の顔に表れていた。

「……せめて、あと一人……儂と同じくこの異世界の門に詳しい術師がいれば……」

思わずそう呟くイスト。

しかし、そもそも異世界の門を開く研究というのは、魔術師の中でも特に高度の知識と技術を必要とするもの。

そして、イストのような深い経験と、長年積み重ねてきた魔力が合わさってこそ可能なのだ。

生半可《なまはんか》な知識や魔力を持つ魔術師を連れてきたところで、逆にイストの足を引っ張ることにしかならない。

もっと言えば、イストと同じ長寿の魔女族でもなければ、彼女と同じ位置には立てない。

だからこそ、己のボヤキがただのないものねだりの愚痴でしかないことは、イスト自身がよく理解していた。

しかし、そんなないものねだりの愚痴に答える者がいた。

「はーい。それならうちがいるしー」

「……は？」

突然、背後からかかった声にイストは振り向く。

すると、そこには部屋の扉を開けた一人の女性の姿があった。

そして彼女を目にした瞬間、イストはらしくもなく瞳《ひとみ》の端《はし》に涙の粒を浮かべる。

「うぃーす、久しぶりーみたいなー。イスト姉様ー」

「リア……なのか……？」

その相手とは、アゼル領にて第五位の魔人としてベルクールに付き従っていたイストの妹、リアであった。

思わぬ人物の登場に驚くイストだったが、すぐさま浮かんだ涙を誤魔化《ごまか》すように袖口《そでぐち》で目の端を拭《ぬぐ》うと、今度は己に近づく妹の姿をマジマジと凝視する。

「……偽物《にせもの》、ではないようじゃな」

「当たり前っしょー。つーか、勝手にうちのこと死人扱いしてほしくないみたいなー」

イストの問いに対し、以前会った時と同様に茶化《ちゃか》すように答えるリア。だが未だその存在が信じられないのか、今度はイストの隣にいたミーナが質問を投げかける。

「しかし、どういうことアルか？　お前のいたアゼル領は、私の兄ベルクールによって一人残らず吸収されたはずアルよ。実際、ベルクールは真っ先にお前を吸収したと言っていたアル」

「あー、それねー」

その問いにどう答えたものかと、頭を掻きながら「うーん」と悩むリア。

「……まあ、うちにも詳しいことはよく分かんないんだよねー。気づいたらアゼル領の地下深くで目が覚めたっていうかー。あー、でも吸収されたのはマジっぽいよー。うちのスキル『予知』はベルクール様に取られたし、あと力の大半も奪われたから、魔人としての力は残ってないみたいなー」

「ふむ」

リアの説明を聞いて、おもむろに考える仕草を見せるイスト。

やがて、何らかの考えに至ったのか、頷いた後に語り出す。

「元々お主は魔物ではなく、儂と同じ魔女族じゃ。儂らは半分が魔物のような存在じゃが、残り半分は人間。ということはベルクールには魔物の部分を吸収され、残った人間の部分が生き残ったと考えられるのではないか?」

「かもねー」

イストの説明にリアは軽い調子で同意する。

己の体の事情にもかかわらずそんな態度でしかない妹に、イストは呆れつつもどこか嬉しそうであった。

「……あるいは兄上が、お前だけでも生かしたのかもしれないアルな。魔国の生まれではない部外者のお前の命を奪うことを、最後の最後で躊躇ったのかも……」

ボソリと呟かれたミーナのひと言で、それまで砕けた態度だったリアが少しだけ寂しそうな雰囲気を醸《かも》し出したのに、その場にいた者達は気づいた。

果たして真実がどうであったのかは、今となっては分からない。

「いずれにせよ、リア。お主が手伝ってくれるというのなら、異世界の門を開く作業も数日で終わるかもしれぬ。無論、手伝ってくれるのじゃな?」

「おけまるー。つーか、当然っしょ。うちの目的もイスト姉様と同じで、父様を追いかけたいってやつだったしー」

姉からの問いにリアは笑顔で答え、手を差し出す。

突然の握手に少し戸惑うイストであったが、「やれやれ」と愚痴をこぼした後でその手を取り、ここに二人の魔女姉妹による異世界の門を開く術式の作業が始まるのだった。

◇　◇　◇

廻《まわ》る。廻る。廻る。

そこは上下左右の感覚がない奇妙な空間だった。

自分がどこへ向かっているのかまるで分からない。

ただその中で、体がねじれるような、魂《たましい》がどこか別の場所へ行ってしまうような奇妙な感覚だけが続いていた。少しでも流れに逆らったら、体も魂も引き裂かれてしまいそうな、そんな感覚。

オレはすぐ傍にいるであろうリリムとガルナザークの気配を感じながら、まるで大海に発生した大渦《おおうず》に呑まれたかのように廻り続け、果ての果てへと向かう。

そんな奇妙な感覚が何分、何時間、あるいは何日と続いたか分からなくなった頃、不意に視界が開けた。

それと同時に、周囲に渦巻いていた奇妙な感覚が途切れ、オレは地面に降り立ったのを感じる。

「……ここは？」

ゆっくりと顔を上げると、そこに見えたのは一面の荒野だった。

荒れ果てて、草木の一本も生えていない、西部劇の舞台のような光景。

見渡す限りの岩山に囲まれた涸《か》れた大地。

砂風が舞う、そんな寂《さび》しい世界にオレは立っていた。

「フンッ、随分と殺風景《さっぷうけい》な世界よな」

「ガルナザーク」

ふと隣から聞こえた声に反応し、そちらを向くと、いつにも増して不機嫌なガルナザークの姿があった。

その表情は、眼前の荒れ果てた大地に対するものであったのか、あるいは先程のパラケルスス率いる『三虚兵』との戦いによるものなのか、それともパラケルススに対する不満、憎悪《ぞうお》であるのか。

いずれにせよ、ガルナザークの不満はひしひしと伝わってきた。

「にゃははは、ここがあの連中がいた世界なのかー？　少なくとも私達のいた世界にこんな殺風景な場所はなかったはずなのだー」

と、同じくこの光景を見ていたリリムが、いつにも増して明るい口調でそう告げる。

なるほど。リリムがそう断言する以上、やはりここはあのパラケルスス達の世界なのだろう。

もっと言えば、ファナが本来いた異世界。

異世界ファルタールとは全く異なる別世界に、オレは一瞬、怖気《おじけ》づいたかのように体が震えたのを感じた。

ははっ、まったくらしくないぜ。

これまでも突然呼ばれた異世界になんだかんだと順応し、そこで手に入れたチートスキルで、黒龍をはじめ魔人や魔王まで倒してきたというのに。今更、たかがまた別の異世界に来たくらいでビビるとはな。

以前はともかく、今回のこれは、オレが自分自身で選び、飛び込んだ結果だ。

ファナを、オレの大事な家族を救う。

その選択に迷いなんかない。

オレは改めて、自らにそう誓約する。

「随分と肩に力を入れているな。無理もない。お前がこれから相手にしようとしている相手は、魔人や魔王といった存在とはまるで別格の存在なのだからな」

「え？」

しかし、そんなオレに突然、ガルナザークが声をかけてくる。

「魔人や魔王とは別格って、それってどういう意味だよ？」

「言葉通りの意味だ。奴を既存の存在と同じように考えないことだ。そもそも貴様はあの娘を救出するつもりでこの世界に来たようだが、一体どうやってあの娘を助け出す気だ？」

「そりゃ、あのパラケルススって奴を倒して――」

「無理だな」

オレが答えるより早くガルナザークは切り捨てる。

「無理って……どういうことだよ!?」

「言葉通りの意味だ。貴様がどう頑張ったところであの男は倒せぬよ。それよりも、なんとかあの男の隙をついて娘の奪還を考える方が現実的だ。とはいえ、それすらも実現不可能と言えるな」

「なっ、お前、今回どうしたって言うんだよ？　なんでそんなに否定的なんだ」

「にゃははー、確かにそうなのだー。いくらなんでもそれは言いすぎなのだー。さっきは油断したけれど、私やユウキ、それにお父様がいれば勝ち目の一つや二つくらいは……」

「やれやれ、何も分かっていないな。小童達《こわっぱ》は」

オレやリリムが言い返そうとすると、ガルナザークはわざとらしく溜息を吐《つ》いて肩をすくませる。

「言ったはずだぞ。奴の力量は魔人や魔王、勇者などという枠組みでは推《お》し量《はか》れぬ領域にある。仮に今ここに我に加えてベルクール、ミーナ、リリムら『六魔人』が結集したとしても、奴には届かぬ。それだけは断言できる」

「だから、それがなんでだよって言ってんだよ」

理由を問うオレに、ガルナザークは驚くべき真実を答えた。

「かつて全盛期を誇った我が、奴に敗れたからだ」

「……なん、だと……？」

そのひと言に、オレとリリムは言葉を失った。

◇　◇　◇

——五百年前、ある魔王が魔国の中心にいた。

かの者の名はガルナザーク。

歴代最強の魔王として魔国に君臨せし者。

かつて、数多《あまた》の人間国の英雄、勇者、戦士達がその魔王を倒すべく挑んだ。

だが、誰ひとりとしてそれは叶わなかった。

魔王はただそこにあるだけで、他の存在を圧倒した。

魔王はただ息を吸うだけで、いくつもの命を奪った。

魔王はただ腕を振るうだけで、地割れを起こし、天を割《さ》いた。

そんな人知を凌駕《りょうが》する化物を相手に、人間国の者はただ怯《おび》え、それが気まぐれに人間国を支配、あるいは破壊する時を待つのみとなった。

そうした最中であった。

人間国にて、異世界の門を開き、異なる世界より強力なスキルを宿す逸材、資質を持つ者を呼び出す転移の術式が生まれたのは。

人間国の者達は、残されたその最後の希望にすがり、転移の儀式を行った。

そうして呼び出されたのが、後に魔王ガルナザークを倒した勇者であった。

だが、人々は知らなかった。

勇者が魔王を倒した顛末の伝承は、あくまでも表面的なものに過ぎず、当の勇者の視点によってのみ語られていたことを。

確かに、召喚された勇者の力は絶大であった。それまで人間国に存在したあらゆる英雄、王を上回るほどの力とスキルを宿していた。だが、それでもなお、かの最強の魔王には届かなかったことを。

では、果たして如何《いか》にして魔王ガルナザークは倒れたのか。

これは、人間界どころか魔国にすら伝えられなかった、魔王本人のみが知る真実。

あの時代、あの世界において、唯一かの最凶の魔王に匹敵し得た――否《いな》、存在そのものを超越していた〝異端者〟の始まりの記録である。


「……何者だ」

暗闇の中、一人の男の姿が現れる。

それと対面するのは、長い漆黒《しっこく》の髪に、同じく夜よりも暗い深淵《しんえん》の如き色の衣装を身に纏《まと》った、魔王ガルナザーク。血のように赤い玉座に腰を据えた彼は、闇に支配されたその空間の扉を開ける、何者かの気配に気づいた。

「お初にお目にかかる、魔王ガルナザーク。私の名はパラケルスス・フォン・ホーエンハイムという」

それは夜に浮かぶ月のような男であった。

玉座に座った魔王が黒を象徴とする男ならば、こちらはまさに正反対。

あらゆる色を塗りつぶす黒の中に現れた、いかなる色をも受け付けない純白だ。

一瞬、女に見まごうほどの美貌《びぼう》は、見る者が見れば羨望《せんぼう》以上に恐怖を感じるであろう。

そんな純白の男パラケルススの出現に対し、黒の魔王ガルナザークは眉一つ動かすことなく、見下した態度のまま声をかける。

「パラケルススだと？　知らんな、そのような男など。もしや貴様が例の異世界より召喚された勇者とやらか？」

「いやいや、生憎《あいにく》私はそのような存在ではない。まあ、ただの錬金術師と思ってくれ」

「ほお？」

自らを目の前にしてそのような軽口を叩ける存在を、ガルナザークは久しく見ていなかった。

魔王のプレッシャーに押しつぶされることなく、ここまで飄々《ひょうひょう》とした態度を取れるということは、少なくともこの男の実力は己に近しいところにあるのだろう。

そう判断するに十分すぎる男の不気味な雰囲気に、ガルナザークは僅かながら戦闘意欲が刺激されるのを感じた。

「よかろう。貴様が勇者だろうと錬金術師だろうと、どうでもいい。我の前にこうして現れたということは、我に殺される覚悟があるということなのだろう」

「いや？　私は殺されるつもりなど毛頭なく、むしろあなたを実験台に、私の目的を次の段階に進めたいと考えているのでね」

「なに？」

パラケルススが告げた内容に、ガルナザークは不快げに眉をひそめる。

今まで、彼に対してこのような大口を叩いた者などはいなかった。

彼にとって他者は測るものであり、自らが測られるなど論外。ましてや、パラケルススはガルナザークを目的のための過程に過ぎないと告げた。

それは、この世界を支配する魔王に対する、何よりの侮辱《ぶじょく》である。

「では、早速私の実験に付き合ってもらおう。魔王ガルナザーク。あなたほどの強者であるならば、私の目的の礎《いしずえ》となることも可能だろう」

「ほざいたな、人間が。我を踏み台にするだと？　貴様のその自惚《うぬぼ》れ、墓の下にて存分に後悔するがいい」

そうして始まった戦いは、まさに魔国の歴史上でもかつてない死闘。

かつて、数多の魔人達が己こそ魔王に相応《ふさわ》しいと、王の座を懸けて血で血を洗う争いを続けた。

無論ガルナザークもその一人であり、同時代に生まれた数多の魔人を屠《ほふ》り、玉座に就いた。

そこには、己の命の危険を感じた戦いもあった。

確かに、これまで戦ってきた相手の中にも強者はいた。だが、それはあくまでも己の実力で測れるレベルの相手であり、想定内の力の持ち主に過ぎなかった。

故にガルナザークは、本当の恐怖というものを知らずに生きてきたと言える。

なぜなら『恐怖』とは未知から来るもの。己の認識の埒外《らちがい》、理解不能なものから訪れる感情だからである。

そして、ガルナザークはパラケルススとの戦いを通して初めて『恐怖』を知ることとなる。

それは、数百年にわたる彼の生に訪れた初めての感覚、理解不能な現象、あまりに理不尽な『何か』であった。

「ぐうううううううぅぅぅ！」

苦悶《くもん》の声が木霊《こだま》する。

魔国の中心、魔王の玉座の間で響いた未だかつてない雄叫《おたけ》びに、国中の魔物達が怯えた。

ガルナザーク自身、己が発した声と、初めて感じる『恐怖』に驚きながら、己が一歩下がったことを自覚した。

敵を前にして後ろへと下がる。

それは魔王として、君臨者としてこの上ない恥辱《ちじょく》である。ガルナザークは、湧き上がる恐怖を憤《ふん》怒《ぬ》によって抑え込んだ。

「き、貴様ぁ……！」

「ふむ。どうやら実験は成功のようだな」

常人であれば浴びただけで即蒸発するような殺意の視線。しかし、パラケルススはそれをまるでそよ風のように受け流し、この戦いによって生じた空間の亀裂——次元の裂け目を興味深そうに覗いている。

「やはり強大な力があれば、異世界の門を開けるようだ。本来ならばそのための術式と『転移結晶』が必要だが、生憎私にはそのようなものを探している暇《ひま》はない。そして、私にはすでにこの『賢者の石』がある。これを使えば、巨大な力の衝突によって起こるエネルギーを門を開くのに利用することが可能。あとは、私の研究に必要な『最後のパーツ』を調達するだけだ」

そう呟くパラケルススの瞳《ひとみ》にはすでにガルナザークの姿は映っておらず、つい先程まで激闘を繰り広げていた相手に背を向け、開いた裂け目へと歩き出していた。

「待て……！　貴様、どこへ行くつもりだ。よもや、この魔王ガルナザークとの決着をつけぬまま、ここから去るつもりか……！」

無論、そのようなパラケルススの行動を看過する魔王ではない。

先程まで感じていた恐怖は薄れ、今やこの謎の男に与えられた恥辱を拭うことに意識を傾けていた。

しかし、そんな魔王からの殺意に対し、パラケルススは涼《すず》しい態度のまま答える。

「無理はしない方がいい。あなたに打ち込んだ〝それ〟は、生半可《なまはんか》な傷とは異なるのだから」

パラケルススの指摘にガルナザークは思わず踏みとどまり、傷を受けた己の右腕を見つめる。

そこには、腕を蝕《むしば》む奇妙な痣《あざ》が広がっていた。

いや、それは傷や痣といった概念とは異なっていた。魔法的な現象にも、寄生的な生物にも当てはまらず、長き生の中で数え切れない敵と戦ってきたガルナザークが初めて目にする、全く未知の何か。

そしてそれこそが、彼が生まれて初めて感じ取った『恐怖』の形そのものでもあった。

「貴様……これは一体……なんだ……？」

自らの腕を侵食し、己の体力、命、寿命、それら全てを貪欲《どんよく》に吸い取るかのように蠢《うごめ》くそれを指しながら、ガルナザークは問う。

「〝虚ろ〟」

魔王からの問いに、錬金術師はただひと言答えた。

「私はそう呼んでいる。とはいえ、それは私が目的とする〝到達点〟の欠片《かけら》に過ぎない。今はまだそのような不完全な形での創生しか行えないが、いずれ私はそれを『完成』へと近づける」

「なん……だと……？」

パラケルススが告げた内容にガルナザークは戦慄《せんりつ》する。

それもそのはず、自らを追い詰めた代物《しろもの》が不完全なものだと知って恐怖しない者などいない。

ましてや、これが一体なんなのか理解すらできぬガルナザークにとっては、青天《せいてん》の霹靂《へきれき》に他ならない。

「しかし、あなたは誇ってもいい、魔王ガルナザーク。普通ならばその〝虚ろ〟を打ち込まれた時点で、即座に存在が消滅してもおかしくはない。いやはやさすがは最強の魔王様だ」

「……貴様ッ」

パラケルススの挑発とも取れるセリフに、ガルナザークは自らの腕を蝕む〝虚ろ〟を睨みつける。

たかだかこのような理解不能な何かに、己がこれ以上、恐怖してたまるものか。

「おおおおおおおおおおおおおおおおおおおおッ！」

ガルナザークは咆哮《ほうこう》と共に自らの右腕を切断。

瞬間、〝虚ろ〟による恐怖という名の鎖は断ち切れ、ガルナザークは自らの矜持《きょうじ》を汚した憎むべき敵の心臓目掛けて刃を振るう。

しかし、それが届くよりも早く、パラケルススの姿は次元の穴の向こうへと吸い込まれた。

「クッ！」

「では、ご機嫌よう、魔王ガルナザーク。あなたとの戦い、実に有意義な、私の役に立つ代物だったよ」

虚空《こくう》より響いたパラケルススのそんな言葉と共に、次元の裂け目は静かに消失する。

後に残されたのは、ガルナザークと地面に転がる彼の右腕、そしてその腕を呑み込んでまるで生き物のように鳴動を繰り返す〝虚ろ〟のみだった。

◇　◇　◇

「その後、我は〝虚ろ〟を封印し、そして傷が治らぬ内に異世界の勇者とやらがやってきた。あの時、パラケルススの襲撃さえなければ、我があのような奴に負けることはなかった。まったく、今思い出しても腹立たしい出来事であった」

ガルナザークはそう、オレとリリムに過去を打ち明けた。

そうか。だから、こいつは〝虚ろ〟のことを知っていたのか。

いや、それだけではない。

あれほど強大な力を持ったガルナザークを、かつての勇者はどうやって倒したのか。そこを前から疑問に思っていたが、その答えはあまりに予想外であった。

おそらくは本人の言う通り、ガルナザークが万全の状態であれば、その勇者と戦って負けることはなかったのだろう。だが、直前にパラケルススの襲撃があり、〝虚ろ〟によるダメージが回復しない内に襲われれば、確かにガルナザークとはいえ敗れても仕方がない。そして本来の実力による結果ではないのだから、尚更無念であったはずだ。

「それでノーライフキングになったのか」

「当然よ。あのような不本意な結末で終わってたまるものか。我がノーライフキングとなって復活しようとした目的は、我を倒した勇者の血族であるヴァナディッシュ家への復讐の他にもう一つ――あのパラケルススの奴を見つけ出し、葬《ほうむ》ることだ。それを為すまでは死んでも死にきれぬわ」

ガルナザークは忌々《いまいま》しそうに吐き捨てる。

確かにそうした経緯があるなら、これほどのパラケルススへの憎しみようも分かる。

しかし、こいつも案外ねちっこい性格だなぁと少し呆れるが、そんなオレの気配を感じ取ったのか、ガルナザークがいつにも増してジト目で睨みつけてくる。

「……貴様、今我がねちっこい性格だと思ったか？」

「え？　いや、そんなことないが」

「本当か」

「うんうん、本当本当」

「にゃははは！　大嘘なのだー！　ユウキはたった今お父様のことを、こいつねちっこい性格だなーとモロに貶《けな》していたのだー！」

と、オレのポーカーフェイスも虚《むな》しく、隣にいたリリムがばらす。

しまった。そう言えば、こいつは読心術を持っていたんだった。

迂闊《うかつ》なことを考えるんじゃなかった。

「あー、まあ、それよりもさ、さっきの話を聞くと、お前って魔王の時は人間の姿だったの？　オレ、てっきりノーライフキングのままの姿だと思っていたよ」

なんとか話を変えようと、オレは思いついた話題を口にする。

ガルナザークはそれに対して鼻を鳴らしながら答える。

「フンッ、何を当たり前のことを言っている。あのような亡霊の姿が本当の姿なわけがないだろう。言っておくが、全盛期の我は姿もさる事ながら実力もノーライフキングの時とは比較にならぬわ」

「にゃははは！　確かにそうなのだー。私もおぼろげながら覚えているけれど、お父様の若い頃の姿はかなりのイケメンだったのだー」

ほお、そうだったのか。

全盛期のガルナザークか……一体どんな姿で、どれほどの実力を持っていたのか気になるところだ。

とはいえ、問題はその全盛期のガルナザークですら、あのパラケルススと名乗った錬金術師には及ばなかったという事実。

確かにガルナザークの言う通り、奴を倒すのではなく、なんとかしてファナを取り返すことを第一に行動した方がいいかもしれないな。

「それにしても、我を利用してまで来訪したかった世界が、このような何もない世界とはな。あやつも何を考えているのやら」

「にゃははー、確かにー。案外、誰の邪魔も入らないところで研究とやらをしたかったのではないのかー？」

「まあ、今はとりあえず街を捜して歩き回ろう。異なる世界とはいえ、さすがに人や文明は存在するはずだろう」

そんな風にして、オレはガルナザーク達と共に移動を開始するのだった。

あれからしばらく、オレ達は砂嵐《すなあらし》が吹き荒れる荒野をあてもなく彷徨《さまよ》っていた。

途中、何度かこの世界の生き物らしき鹿や馬のような動物とすれ違った。

少なくともこの世界にも生命は存在しているようであり、地面に転がる何かの武器の破片や鉄くずなども見かけた。

それにここがファナの世界だとするなら、やはり彼女と同じ種族、人間がいるはず。

ということは、何らかの文明が存在するのだろう。

つまり今のオレ達がなすべきは、人のいる街などを見つけ、ここがどのような世界なのか調べること。

その上で、パラケルススの所在を捜すのだ。

そうして、荒野を歩き続けること更に一時間。オレ達は砂嵐の向こうに見える無数の影を目にする。

「にゃははー！　ユウキ、お父様ー！　向こうに何か見えるのだー！」

それに真っ先に気づいたリリムがテンション高く、そちらへと近づく。

オレとガルナザークもリリムを追いかける形で進んでいく。

そこにあったのは、小さな集落であった。

周りを岩山で囲まれた場所に、布や木で出来たテントらしき建物がいくつか建てられており、そこに暮らす人々の姿が見えた。

「どうやらこの世界にも人間はいるようだな」

ガルナザークの言葉に頷いて、オレ達は集落へと入る。

すると、農作業らしきことをしていた農民のような格好をした女性が、オレ達の姿に気づく。

「あのー、すみません」

「ひっ!?」

オレが声をかけると、女性は明らかに怯えた様子で手に持った籠《かご》を落とし、顔面を蒼白にして後ろに下がる。

なんだろう、オレ達がよそ者ということで警戒しているのだろうか？

それにしてはやけに怯えすぎだが……そんなことを思っていると、女性は慌てた様子で頭を下げる。

「こ、この度のご来訪、誠にありがとうございます。で、ですが、今現在、我々が収穫できた作物はごく僅かでして……先月収めた分にも届いておりません……こ、これ以上お渡しすると、私達の集落もぜ、全滅してしまいます……ど、どうか、あと数日だけお待ちくださいますよう、何卒……！」

「え、いや、ちょっと待ってくれよ。何か誤解してないか？　オレ達はただの旅人なんだが」

「え？」

オレがそう告げると、女性は明らかに不思議そうな顔を向けてきた。

「旅人、ですか？　し、しかし……あなた方は人間、ですよね？　それなら、旅人だろうと私達の取り立てに来たのでは……？」

「取り立て？　どういうことだ？」

どうにも話が噛《か》み合わないな。

そんなことを思っていると、集落の他の住人達も姿を見せる。

皆、遠巻きにオレ達を観察し、その瞳は例外なく怯えや恐怖の感情を秘めていた。

状況がイマイチ掴めず頭をひねるオレ達に、女性はかぶっていたスカーフを取る。

「……あ、あの……こ、これでお分かり、いただけませんか……？」

すると、そこに見えたものにオレは見覚えがあった。

「それは！」

スカーフの下にあったのは間違いなく、ファナの頭にあったものと同じ角である。

ということは、この集落にいる住人は皆、ファナと同じ種族か？

見ると、まるで江戸時代の農民のようなみすぼらしい格好の住民全員の頭に、例外なく角が生えていた。

「……は、はい。私共は全員『鬼族《おにぞく》』でございます……ですので、人間様には逆らうことはできません……」

「『鬼族』？」

それがファナの種族なのだろうか？

しかし、人間に逆らえないとはどういうことだ？

戸惑うオレをよそに、隣にいたガルナザークが鼻を鳴らして前に出る。

「フンッ、ならば安心せよ。我は人間などという下等な種族ではない。今はこのような器に入っているが、本来の我が種族は魔物――その中でも最上位の『魔王種』だ。貴様らが怯える人間などと同じにするな」

「にゃははは！　それを言うならば私もそうなのだ！　ちなみに私の種族はサキュバス、魔人種なのだー！」

「ま、魔物？　魔王に魔人？」

ガルナザークとリリムの宣言を聞いていた鬼族の全員が首を傾げる。

どうやらこの世界には、魔物や魔王といった存在はいないようだ。

彼らは初めて聞く単語と、リリムが背中から広げた黒い翼と尻尾に、目を丸くしていた。

少なくともリリムとガルナザークについては、人間とは異なる種族であると理解できたようだ。

しかし、未だ残ったオレへの警戒心は薄れることなく、疑惑と恐怖の視線を向けてきていた。

「あー、まあ、オレはこの二人とは違って人間だけど、多分君達が怖がっている人間とは別だと思うよ。その証拠にオレは君達から取り立てに来たわけじゃない。ただ話を聞きに来ただけなんだ」

「話……なんでしょうか？」

オレの説明に未だ納得がいっていないのか、先程の女性が恐る恐る尋ねる。

「その、この世界について教えてほしいんだ」

「は？」

どういうことかと戸惑う女性や集落の人々を前に、オレは正直に言った方がいいと覚悟を決める。

「オレの名前は安代優樹。この世界とは別の世界から来た人間なんだ」


【現在ユウキが取得しているスキル】

『金貨投げ』『鉱物化（龍鱗化）』『魔法吸収』『空間転移』『ドラゴンブレス』『勇者の一撃』

『ホーリーウェポン』『魔王の威圧』『デスタッチ』『武具作製』『薬草作成』『毒物耐性』

『呪い耐性』『空中浮遊』『邪眼』『アイテムボックス』『炎魔法ＬＶ３』『水魔法ＬＶ３』

『風魔法ＬＶ３』『土魔法ＬＶ３』『光魔法ＬＶ10』『闇魔法ＬＶ10』『万能錬金術』『植物生成』

『ミーナの記憶』

第二使用　異世界ニジリアナ

「……別の世界から来た？」

オレの告白に、集落にいた鬼族の間でざわめきが走る。

まあ、それはそうだよな。別の世界から来たなんて、口で言っても簡単に信じてもらえるはずがないか。

さて、どうやって説明したものか。と、オレが頭を悩ませた瞬間であった。

「別の世界から来た、とおっしゃいましたが、もしやあなた様方はパラケルスス・フォン・ホーエンハイムと同じように、次元を越えてこの世界へ来たのですか？」

「え？」

思わぬ名前が出たことに顔を上げると、そこには一人の老人の姿があった。

「パラケルススのことを知っているのですか!?」

オレがそう言うと、再び鬼族の間でざわめきが起こる。

しかも、それは先程と違い、驚きと、どこか確信に満ちていた。

「やはりそうでしたか……で、あれば、あなた方は本当に異世界から……」

オレからの返答に、老人は納得した様子で頷く。

「分かりました。では、詳しいお話をいたします。どうぞ、こちらへ来てください」

老人はオレ達をどこかに案内してくれるらしく、その後を追って彼らの集落に足を踏み入れる。

道すがら、何人かの鬼族達とすれ違ったが、そのほとんどがまるでオレに怯えるように頭を下げたり、あるいは慌てて視線を外したりした。

この世界で彼ら鬼族は、一体どんな扱いは受けているんだ？

そう疑問に思いながら、オレ達はこの集落で一番大きなテント小屋の中へと入るのだった。


「さて、まずお聞きしたいのですが、本当に我々のことをご存知でないのですか？」

「はい。ですので、あなた方のことも含めて、色々お話を聞かせていただけないでしょうか？」

オレがそう答えると、老人は「ふむ……」と思慮深そうに頷く。

「分かりました。少なくとも、我々と対峙してからここまで何の命令もせず、あえて頼み事という形をとることからして、あなた方は間違いなくこの世界の住人ではないのでしょう」

「はあ……」

命令って、どういうことだ？

そう疑問に思ったオレの前で、おもむろに老人が右腕の袖を上げる。すると、そこには鎖に繋がれた鉄の腕輪がはめ込まれていた。

「なっ！」

「これは『奴隷鎖《どれいさ》』。見ての通り、我々鬼族全員にはめられた奴隷の証《あかし》です」

「奴隷の……」

その単語にオレは思わず息を呑む。

しかし、思い返してみると、オレと最初に出会った時のファナも、角持ちの自分は奴隷だ、と言っていた。

それはつまり、この世界では、鬼族とは奴隷階級の種族なのか？

「ふむ。なにやら穏やかではなさそうだな。まずはこの世界でのお前達の種族の成り立ちから話してもらおうか？」

そんなことを思っていると、オレの隣にいたガルナザークがそう問いかけ、老人はそれに頷く。

「分かりました。この世界はニジリアナと呼ばれております。そして、ニジリアナには古くから二つの種族が存在しました。それが我々鬼族と、人族です。この二種は世界の覇を競い、古くから争い続けておりましたが、決着がつくことはありませんでした。それが五百年前、ある人物の来訪によって大きく変化しました」

「五百年前……」

オレだけでなく、ガルナザークも反応する。

それはちょうどガルナザークがパラケルススと戦い、勇者によって滅ぼされた時代。つまり、その来訪者というのは――

「来訪者の名はパラケルスス・フォン・ホーエンハイム。かの者は次元を越えて、この世界にやってきたと告げました」

パラケルスス。やはりか。

オレとガルナザーク、それにリリムは老人の話に集中する。

「賢者パラケルススの来訪によって、人族は巨大な戦力を得ました。それによって均衡が崩れ、我ら鬼族は人族に敗れ、奴隷階級に落とされたのです。今では全ての鬼族は、生まれたその時からこの『奴隷鎖』を付けられることとなりました。これを付けられてしまえば、我らは人族の言うことに逆らえず、その命令に従うしかないのです……」

だから、彼らはオレの姿を見てあんなにも怯えていたのか。ファナが最初にオレと出会った際のあの怯えようにも納得がいく。

そして、ファナをはじめとしたこの世界の角持ち――鬼族の人々が一体どんな仕打ちを受け続けてきたのか、それを考えると胸が痛くなる。

「話は分かった。しかし、解《げ》せんな。なぜパラケルススの奴は人族に協力して、お前達を奴隷にしたのだ？　まさかこの世界の支配をしたかったとでもいうのか？」

確かにそれは気になるところだ。

こんな異世界にまで来て世界征服をすることが、あいつの目的なのだろうか？

あれほどの強さならば、元いた自分の世界を支配するのも可能だろうし、そうした方が断然早いだろう。わざわざガルナザークと戦って次元の壁に穴を開けてまで、他の世界に来る意味が分からない。

オレが不思議に思っていると、老人がなにやら思いつめた表情をする。

「それは……おそらく、我々鬼族に伝わる、ある忌《い》まわしい力――『呪《のろ》い』を手にするためだと思われます」

「呪い？」

それは一体なんだろうかとオレが首を傾げると、老人は部屋の奥から誰かを連れてくる。

それは先程集落の入口で最初に出会った女性であったが、その足元には幼い男の子が引っ付いていた。

「その子は？」

おそらく女性の子供なのだろうと思われるが、その子が一体どうしたというのだろうか。

戸惑うオレ達に、少年が顔を向ける。

すると、そこには驚くべきものがあった。

「!? 〝虚ろ〟だと!?」

そう。少年の右目にはファナと同じ、真っ黒な闇の穴があった。

それを見た瞬間、オレとリリムは息を呑み、ガルナザークは瞬時に立ち上がるとその手に魔力を宿す。

「ひっ!?」

ガルナザークが殺気立つのを見た少年が怯えたように蹲《うずくま》り、すぐさま隣にいた女性が子供を庇《かば》うように抱きしめる。

オレは慌ててガルナザークを制止する。

「ちょ、待てよ。ガルナザーク! ここでいきなり揉《も》め事《ごと》を起こすな! つーか、いくら〝虚ろ〟があるからって、こんな子供に殺気立つなんて大人げないぞ!」

「黙れ! 〝虚ろ〟の危険性は貴様も分かっているはずだ! 幼子であろうとも関係ない! 放っておけば危険なのに変わりはあるまい! 今すぐ我がその幼子ごと〝虚ろ〟を葬ってくれるわ」

そういえばこいつ、ファナを見た時も、オレやヴァナディッシュ家の子孫を無視して真っ先に

〝虚ろ〟の始末に向かっていたもんなぁ。

やはり、かつてパラケルススと戦った際に自分に打ち込まれた〝虚ろ〟の恐怖が忘れられないということか。

「まーまー、落ち着くのだ。お父様。それにこの子の〝虚ろ〟って、私が見る限りあのファナって子のよりも弱い感じがするのだー」

「なに？」

リリムの発言で冷静さを取り戻したのか、ガルナザークが蹲った少年を観察する。

それに釣られるように、オレも少年の右目に宿った〝虚ろ〟をもう一度観察するが、確かにファナの〝虚ろ〟とはどこか異なる。

なんというか、やはり見ているだけでこちらを不安にさせる何かは感じるのだが、それでもそれほど危険なものには思えない。感じられる質そのものが明らかに弱いのだ。

それにガルナザークも気づいたのか、少し落ち着いた様子で腕を組み、その場に座り込む。

「……話せ。それはなんだ？」

そして、そのまま老人と子供を庇う女性に問いかける。

二人は顔を合わせると、静かに頷き合ってから答える。

「これは〝虚ろ〟と呼ばれる、我ら鬼族に代々継承されてきた謎の力、『呪い』とされております」

「呪い？」

「はい。太古の昔、ニジリアナの神々が人族と鬼族を作り出した際、新たなる力をこの世に生み出しました。しかし、その力は神々でさえ制御不可能の危険なものであり、神々はそれがこの世界を——いや、宇宙そのものを滅ぼすことを恐れて封印しました。ですが、我ら鬼族の一部の者が当時、人族との戦争に勝利するために封印されたその力を解放し、我が身に取り込んだのです。それが〝虚ろ〟です」

〝虚ろ〟。

神々ですら、その存在を恐れ、封印したもの。

思わぬ話の大きさに一瞬驚くオレ達であったが、そのまま老人の説明を黙って聞く。

「〝虚ろ〟の力は強大でした。それを宿した鬼族の力によって人族が壊滅に追い込まれるほど……ですが、それは誤りであったと我らはすぐに気づきます。〝虚ろ〟を取り込んだ鬼族達は次々と暴走し、最後には自らの体内に生まれた〝虚ろ〟に呑み込まれて消滅していったのです。結局その後、鬼族も〝虚ろ〟を取り込んだ同胞の暴走によって数を減らしました。それがきっかけとなり、我ら鬼族と人族との憎しみは更に激しくなっていったのです……」

そうだったのか。

しかし、二者間の長い戦争があったなら、それを打開するべくどちらかが危険な行為に及ぶというのは、どこの世界の歴史でもよくあることだ。

もしかしたら、それをやっていたのが人族の方であってもおかしくはなかった。

「しかし、それならなんでその子が〝虚ろ〟とやらを宿しているのだ－？」

今の話から疑問に感じたことをリリムが問いかける。

確かに、過去にそんな過ちをしたのなら、二度と〝虚ろ〟などというものに関わろうとはしないはずだ。下手をすれば、今度こそ自分達の種族が消滅するかもしれないのに。

すると老人は、どこか諦めた様子で首を横に振った。

「……ですから『呪い』だと言ったのです。一度、この〝虚ろ〟を取り込んでしまえば、それは我ら鬼族の全てに連鎖し、取り付くのです。数十年の内に何度か、この子のように生まれつき〝虚ろ〟を宿す子が、我々の中に生まれるようになりました。そうした〝忌み子〟の暴走によって消滅した集落が過去にいくつかあると聞きます。一方で暴走することなく過ごす者もいたそうですが、その場合も宿した〝虚ろ〟に力を吸われ、長くは生きられなかったとも伝えられています」

これが、彼ら鬼族達が――ファナが〝虚ろ〟を宿していた理由か。

そうなると、ファナのあの原因不明の衰弱も、起こるべくして起きた出来事なのかもしれない。

確かに呪いとはよく言ったものだと、オレは知らず下唇を噛んでいた。

「なるほど。それで合点《がてん》がいった。だからこそ、パラケルススはお前達、鬼族を支配したのだな」

「……その通りです」

「え？　どういうことだ、ガルナザーク」

老人の話を聞き終えたガルナザークが突然、納得したようにそう言って頷く。

それに思わずオレが問いかけると、ガルナザークが呆れたように答える。

「こやつらの話を聞けば、十分理解できることだろう。いいか、そもそも奴は〝虚ろ〟の研究をしていたはずだ。それによって自ら〝虚ろ〟を生み出すことに成功した。事実、その〝虚ろ〟の力によって我を追い詰めたのだからな」

「ああ、確かにその通りだな」

「だが、我と戦った際、あやつはこうも言っていた。『この〝虚ろ〟はまだ不完全』だと。であるならば、奴の目的は自らが生み出した〝虚ろ〟を完全にすること。そのためにはこの世界に存在する〝虚ろ〟の力を手にし、それを研究することが一番のはずだ」

「あっ、そうか！　だから、あいつはこの世界に！」

オレが頷くと、ガルナザークの説明は続く。

「そうだ。そして、奴が人族に協力して鬼族を奴隷階級にしたのも、連中の中にいる生まれながらに〝虚ろ〟を宿した者を容易に手に入れるため。奴隷階級の種族ならば、いかなる扱いをしても文句は言われないだろう。それこそ非人道的な実験でもな」

オレは思わず背筋《せすじ》が凍る。

ということはつまり、あいつは自身の目的――〝虚ろ〟を手にするためだけに一つの世界にいる一つの種族を支配し、奴隷階級にしたのか？

全ては自分の目的のために。

今の話を聞いて、オレは自身の内から湧き上がる怒りを感じた。

それは単純な憎しみではなく、誰かの――いや、一つの種族を軽んじることへの人間としての怒り。非人道に対する義憤であった。

「……そんなことのためにあいつはこの世界の鬼族を支配し、ファナを奴隷にし、手に入れたのか……」

オレは改めて、あのパラケルススという男に対する憎しみと怒りを覚える。

一つの種族に対する一方的な差別と弾圧。

それはオレがいた地球において、もっともしてはならない悪行であり、かつてそれを行った独裁者は人類史上における大悪人であるとして語り継がれていた。

それは魔人にとっても愉快な話ではなかったようであり、あの天真爛漫《てんしんらんまん》なリリムでさえも、どこか不愉快そうに顔をしかめていた。

「……これがこの世界における我らの全てです。異邦の地より訪れし旅人様」

そこまで話し終えると、老人はいきなり地面に額《ひたい》をこすりつけ、オレ達に対して土下座《どげざ》を行う。

「え、ちょ、な、何をしているんですか！」

咄嗟《とっさ》のことに驚くばかりのオレであったが、それに構うことなく老人に続いて女性と子供までもがその場に跪《ひざまず》き、頭を下げる。

「身勝手なお願いであることは重々承知しております。ですが、もしもあなた様方があのパラケルススと同じ異邦人であり、かの者と同じ力を持った人物であるのならば、どうか我らをお助けください。我らを奴隷階級から解放してくだされ、お頼み申し上げます」

「い、いや、急にそんなことを言われましても……」

「私はいいのです。もはや、この年齢で奴隷からの解放などは望みません。ですが、どうか我らの後に続く子孫、子供達にまでこんな辛い境遇を与え続けるのだけはなんとかしたく……」

そう言って老人は、背後にいる子供に視線を向けた。

そんな老人に倣《なら》うように、子供の母親も必死でオレに頼んでくる。

「わ、私からもどうかお願いいたします！　私はどうなっても構いません！　もしも、奴隷から解放してくださるのでしたら私の命を捧《ささ》げます！　ですから、どうかこの子や、これから生まれてくる私達の子供だけでも……」

目に涙を浮かべて懇願する女性。

考えてみれば、彼女達にとっての救いは、オレ達のような外部からの異邦人にしか存在しないだろう。

今やこの世界の鬼族は全て、人族によって支配される種族。

人族からの解放が望めない以上、この状況はこれから先も永遠に続いていく。

となれば、かつての二種族の均衡を破った時のように、外部から訪れし者——オレ達に頼る以外に彼らが解放される道はない。

鬼族の話を聞き、同情しなかったと言えば嘘になる。

協力してあげたいとも、解放してあげたいとも考える。

しかし、それをするということは、パラケルススの他にもう一つ、この世界を支配する人族そのものと争うことになる。

それほどの大規模な戦いを、オレ一人の意思で起こしていいものか?

そもそもオレの目的はファナを助け出すこと。

それを果たせれば、すぐさま元にいた世界に帰る方法を探し、終わりにするつもりであった。

ここで事を大きくしてしまって、本当にいいのか?

オレがそんな風に考えていると、隣にいたガルナザークが鼻を鳴らしながら立ち上がる。

「くだらん。なぜ我が奴隷種族の解放などしてやらねばならぬ。我を勇者か英雄とでも勘違いしているのか？　最初に言ったはずだぞ、我は魔王だと。魔王は支配する者。貴様ら下等種族になど、誰が力を貸すものか」

「そ、そんな……！」

「お、おい、ガルナザーク。いくらなんでもそんな言い方……！」

「黙れ。そもそも我々の目的はあのパラケルススだ。それ以外と無駄に争う必要などどこにある。それとも、こいつらを解放するためにこの世界の人族全てと争う覚悟が、貴様にあるのか？」

「そ、それは……」

そう告げられ、オレは黙るしかなかった。

気まずい雰囲気がその場に流れると、それを断ち切るように老人が告げる。

「……いえ、その方の言う通りです。この世界に関係のないあなた方にいきなり、この世界の人族と戦い、我らを救ってくれなどとはあまりに自分勝手な願いです。今の頼みはどうか忘れてください。そのお詫《わ》びと言ってはなんですが、今日はどうぞこの集落にお泊まりください。部屋も食事もご用意いたしますので」

申し訳なさそうに老人が頭を下げ、女性もそれに続く。

オレとリリム、ガルナザークは互いに顔を見合わせ、その老人の申し出を受けることとした。

その後、出された食事や提供された部屋はとても質素なものであったが、それでもこの集落の現状を見ると、とてもオレ達を歓迎していることがすぐに理解できた。

ガルナザークは老人との会話以降、ひと言も喋ることなく、ただ黙々と食事を取り、オレ達と同じ部屋で眠りについたのだった。


翌日、オレは老人――どうやらこの集落の村長だったらしい――から、この世界の詳しい地理について聞いていた。

今現在、ここ異世界ニジリアナを支配しているのは人族の国グラストン王国であり、この集落は首都であるガルザリアに近い位置にあるらしい。

そして、各地に鬼族の集落が存在し、その近くに人族の街もあるとのことだ。

オレは各地の街と集落、そして首都の位置を村長に確認させてもらった。

「ありがとうございます。これでオレ達がどこへ行けばいいか分かります」

「いえ、我々にできることはこれくらいしかありませんが、どうかお気をつけて」

正直なところ、オレの中にはまだ引っかかりが残っていた。

それは、このままこの集落を放置していいのか、ということ。

しかし、ここで下手なことをして、この世界の人族全てを敵に回すわけにはいかない。

中途半端な同情は却って悲劇を生みかねない、と自分に言い聞かせていた。

そんな折、俺はガルナザークの姿が見えないことに気づいた。

リリムに奴の居所を聞くと、朝早くから近くの偵察に向かったとのことだ。

ガルナザークとしては、一刻も早くパラケルススのもとへ向かいたいのだろう。

リリムに聞いた場所へと向かおうとしたオレだったが、ふと見れば、家の中にもう一人足りない。

それは昨日、母親である女性に庇われていた、あの〝虚ろ〟を右目に宿した鬼族の子供であった。

◇　◇　◇

「何の用だ。小僧」

「あっ……」

砂塵《さじん》が舞う岩場に座るガルナザークの背後より、〝虚ろ〟を瞳に宿した鬼族の少年が近づく。

自分の気配に気づいたガルナザークに一瞬怯え、少年は近くの岩壁に隠れるが、やがて恐る恐るガルナザークへと近づく。

「……あの、おじちゃん」

「誰がおじちゃんだ。我の外見はあのユウキという小僧と同じだろう。貴様にはあの小僧もおじちゃんに見えるのか？」

苛立《いらだ》ったように睨みつけるガルナザークに、少年は思わず後ろに下がりそうになるが、なんとかその場に踏みとどまる。

「だ、だって、おじちゃん……話し方がおじちゃんみたいだから……」

「…………」

その返答に、ガルナザークは複雑な心中を顔に表す。

しかし、少年はそれに気づいた様子もなくまたガルナザークへと近づく。

「おじちゃん、魔王って言ってたよね。それってすごいの？」

「なに？」

突然の問いかけに眉をひそめるガルナザークであったが、少年の目は真剣そのもの。それが一体どんな存在なのかと、自分達の世界には存在しないものに対して激しく興味を持っているようであった。

「フンッ、当然だ。魔王と言えば魔の頂点。魔を治める王であるぞ。魔王を前にすれば人間なぞ無力。むしろ、人間なぞ魔王の支配物よ」

「おじちゃん、たった一人で人間を皆、支配してたの⁉」

「無論だ。言っておくが人間だけではないぞ。魔王は魔物の王でもあるのだから、我は魔物と人間、両者の支配者であった。事実、人間共は日々、我という魔王に怯え過ごしていたものよ。時折、我を倒そうと幾人もの人間の英雄や戦士、軍勢が乗り込んできたが、我はその全てをたった一人で迎え撃ち、連中に恐怖という名の鎖を強いてやった」

「わぁー！　おじちゃんってすごいんだねー！」

「ふふん、当然よ。言っておくが、我だからこそできたことだぞ。我は魔王の中でも特に優れた、最強の魔王であったからな」

「へえー、そうなんだー！」

己の武勇譚《ぶゆうたん》に目を輝かせる少年を前に、ガルナザークも気分が乗ったのか、ドンドンと饒舌《じょうぜつ》に話を進める。

それらは少年が聞いたことのないような伝説や、想像もできないような戦いの歴史、輝かしい栄光の話と多岐にわたり、少年はこれまで耳にしたどんな話よりも夢中になった。

無論、それまで彼が知っていたのはこの世界に伝わる歴史くらいであり、未知の世界の話に夢中になったというのもあるだろう。

だがそれ以上に、たった一人で世界を征服し、そこに君臨したという魔王ガルナザークの存在そのものに少年は憧れを抱いた。

その内容は人によってはただの征服譚、支配者の演説に過ぎなかったとしても、この少年にとっては紛れもなく、異なる世界を統治した英雄の話だった。

「すごいな……僕もおじちゃんみたいな魔王になりたかった……そうでなくても、おじちゃんみたいな人の奴隷になりたかったな……それだったら僕も、今の自分の立場を少しは誇れたのかも……」

思わずボソリと零れた少年の呟きに、ガルナザークは鼻を鳴らす。

「フンッ、くだらん。生憎だが我には貴様のような奴隷など必要ない」

「……そう、だよね」

あっさりと自分の想いを断ち切られ、少しショックを受ける少年であったが、それも仕方がないと頷いた瞬間――

「我には奴隷は不要だが、部下ならばいくらでも必要だ」

「え？」

続くセリフに思わず顔を上げる少年。

ガルナザークはらしくもなく、少年に視線を合わせず明後日の方向を向いたまま告げる。

「我の領土に必要なのは、我の加護を受けた我の民、配下達のみよ。奴隷などという立場もない存在は民とは言えぬ。故に我の下につきたいのならば我の部下、民となるのだな。もっとも貴様のような小僧に我、魔王ガルナザークの下につく勇気があれば、だがな」

「………」

ガルナザークのその誘いに、少年は一瞬声を詰まらせる。

だが、それは決してショックや恐れからではなかった。

生まれて初めて、自分を奴隷ではなく一人の人間として求め、一人の人間としてその下につくことを許可してくれた人物に対する、感動と嬉しさからに他ならなかった。

「う、うん！　なる！　僕、おじちゃんの部下に、魔王様の民になるよ！」

少年が勢いよく頷く。

すると、そんな彼の頭をくしゃくしゃに撫でながらガルナザークは笑った。

「よかろう。では、これからは周りの者達に存分に言ってやるがいい。自分は魔王ガルナザーク様のこの世界における第一の民であるとな」

「うん！」

ガルナザークの任命にこれまでにない笑顔を見せて頷く少年。

そんな魔王と少年のやり取りを、少し離れた位置で見ていたユウキは笑みを浮かべると、そっとその場から離れるのだった。

◇　◇　◇

「それじゃあ、オレ達はそろそろ行きますね」

ガルナザークが少年を伴って戻ってくると、オレはリリムと一緒に支度《したく》を整え、村長達に挨拶《あいさつ》をする。

彼らもまた、オレ達を見送るべく家の前に集まってくれた。

「お気をつけて行ってください」

そう言って村長が頭を下げると、彼の娘であったあの女性も頭を下げる。

そして少年がどこか複雑そうな表情をガルナザークに向けるも、ガルナザークは一人素知らぬ顔でそっぽを向いている。

顔には出さないが、こいつもなんだかんだで思うところがあるのかもしれないな。

そんなやや願望めいたことを思いながら旅立とうとした瞬間、集落に男の叫び声が響く。

「鬼狩りが来たぞ――――！！」

鬼狩り？　なんだそれは、とオレが思うより早く、村長も含む集落にいた鬼族の全員が怯え、慌てて出す。

「ひいっ!?　そんな、どうして鬼狩りが！」

「前回からまだ数年も経っていないはずなのに……！」

そうして、顔面を蒼白にした彼らが次々と近くの家へと逃げ込んでいき、集落から人の気配が消えると、砂塵の向こうより何かが近づくのが見えた。

それは、みすぼらしい格好の鬼族達とはまるで違う、頑丈そうな鋼の鎧で全身を覆った騎士団だった。

その数、およそ百といったところか。

彼らは同じく鋼鉄で武装された馬から降りると、集落を囲む陣形を取り、リーダー格らしい男がオレ達の方へと近づく。

「貴様ら、何者だ」

男がそう言うと、背後の騎士達が槍を構える。

おそらく、こいつらがこの世界の人族なのだろう。高圧的な態度に、オレの隣でガルナザークが不愉快そうに眉をひそめるが、ここで争うのは賢明な判断ではない。

オレはガルナザークに抑えるよう指示をしながら、男の問いに答える。

「オレ達は見ての通り、ただの旅人だ。たまたまこの鬼族の集落に寄っていただけで、すぐに発つ。アンタ達と何か揉め事を起こす気はない」

「フンッ、旅人か。この時代にお前らのような酔狂《すいきょう》な人族がいるとは思わなかったぞ」

それは皮肉か、それとも本当に驚いているのか、男はオレの様子を窺《うかが》うように観察してくる。

が、すぐに興味をなくしたのか、背後の騎士達に武器を下げるよう命じる。

「まあいい、ここからすぐに立ち去るというのなら、我々もお前達に用はない。今回の我々の任務は、領主様より命じられた重要事項だからな。さっさと遂行するとしよう」

重要事項の任務？　それは一体、とオレが質問するより早く男が右手を上げる。すると、無数の騎士達が次々と近くの家やテントを壊していき、中にいた鬼族の子供達を連れ去り始めた。

「おらっ！　大人しくこっちへ来い！」

「やだー！　ママー！　ママ、助けてー！」

「や、やめてください！　まだうちの子は五つになったばかりで……！」

「そんなことは関係ない。貴様らは我々の所有物なのだ。いいから、さっさと子供達を寄越せ！」

「なっ⁉」

そうして家の奥や地下、あるいは物置の中に隠されていた子供達をさらっていく騎士達。

その有様は、まるで強盗が他人の家に踏み込み、家財を荒らしていくのに似ていた。

騎士達に必死で抗う親達は逆に容赦なく殴り倒され、子供は血まみれになった親の姿を見て泣《な》き喚《わめ》く。

なんだこれは。一体何が行われているんだ？

あまりに理不尽な光景に、オレは一瞬、脳がフリーズしてしまう。

しかし、聴き慣れた子供の叫びが耳に入り、そんなオレの硬直を断ち切る。

「うわあああああああんっ！　お母さんーーーー！！」

「ミズルー！」

見ると、あの〝虚ろ〟を右目に宿した少年が騎士団の一人によって捕縛され、連行されていた。

少年――ミズルを奪われた村長の娘は、なんとか我が子を取り返そうとするが、その背中を別の騎士が取り押さえて床に這《は》い蹲《つくば》らせる。

「大人しくしろ、この家畜が。貴様、〝虚ろ〟持ちの子を抱えていながら、それを今日まで隠していたな？　前回の鬼狩りの時はどこかに隠していたようだが、これは重大な国家反逆罪だぞ」

「お許しください、お許しください……！　どうか、どうかその子だけは……！」

必死に頭を下げて懇願する女性を、まるで見世物《みせもの》のように嘲笑《あざわら》う騎士達。それを目にしたオレは理性が吹き飛び、飛び出そうとする。

が、その瞬間、オレの肩を隣にいたガルナザークが掴んだ。

「待て、愚か者が。何をするつもりだ」

「決まっているだろう！　あいつらを――」

「倒すか？　それをしてどうなる。ここでこの連中を救ったとしても、我らがここを離れれば必ず更なる大軍が押し寄せ、この集落を壊滅させる。この世界の人族全てを敵に回してでもここにいる鬼族達を救う覚悟が、お前にあるのか？」

「そ、それは……」

昨日、ガルナザークに言われたことを再び言われ、オレは思いとどまる。

そうだ。オレの目的はファナを取り戻すこと。

それ以上のことをこの世界でやっても却って混乱を招くだけ。だが、しかし、そうだと分かっていても……！

そうしてオレが悩んでいる内に、騎士が抱えていたミズルをリーダー格の男へと引き渡す。

すると男はミズルの右目に宿った〝虚ろ〟を見て、満足そうな笑みを浮かべた。

「くくく、これはいい。なかなかに極上の〝虚ろ〟ではないか？　これを直接パラケルスス様や『三虚兵』の方々に渡せば、報酬はたんまり。わざわざあの領主に渡す必要もあるまい。だが万が一、この小僧を監禁している間に〝虚ろ〟が暴走しては困るな」

男はそう告げると、何を考えたのか腰に差した剣を抜き、ミズルの喉元に突きつける。

「ひっ……!?」

「パラケルスス様いわく、〝虚ろ〟は死体からでも回収可能とのことだ。純度は下がるらしいが、器の生命エネルギーが閉じるために暴走の危険性もない。次にあの方達が首都を訪れるまで数日もないというからな。ここは死体にして献上しても問題なかろう」

「お、お待ちください！　そ、それだけは……！」

村長と母親が慌てて駆け寄ろうとするが、そんな二人を男は一瞥する。

「黙れ。貴様らはそこで『座っていろ』」

「う、あッ……！」

「ぐ、ぅ……！」

男がそう命令すると、二人はその通りに地面に座り込み、身動き一つしなくなった。

もしや、これが例の『奴隷鎖』の効果なのか？

男はいやらしい笑みを浮かべると、そのままミズルを地面に叩きつけ、右手に持った剣を天高く掲げてから振り下ろす。

「ミズルーーーーー！！」

母親が涙をこぼしながら必死に叫ぶ。

もう限界だ。

知ったことか。

この世界の事情？　人族との争い？　鬼族の保護？

そんなもの、もう考えられない。

たとえ一時の感情に流された過ちであろうとも、今目の前で起ころうとしているこの出来事を看過することなど、オレにはできない！

そうオレが判断すると同時に、隣にいたリリムの体が動くのが見えた。

どうやらこいつもオレと同じ考えだったらしい。隣で笑うリリムに視線を投げかけてから、共に男の剣をはじき飛ばそうとした瞬間――

そんなオレ達二人よりも更に一歩早く動いていた男が、振り下ろされた剣を受け止める。

「なっ……」

「えっ？」

その相手のあまりの意外さに、オレもリリムも、更には庇われたミズル本人やその母親達ですらも息を呑む。

「貴様、誰の許しを得て、この小僧に手を上げた」

振り下ろされた剣をなんなく右手で受け止め、それをガラス細工のように粉々に砕いた男。

オレと全く同じ姿をした、漆黒のオーラを身に纏う魔王――ガルナザークがかつてない殺意と怒気を身に纏い、目の前に立つ男を睨みつける。

「この小僧は我の、魔王ガルナザークの『配下』であるぞ。我の所有物に手を上げるとは……死にたいのか？　人間」

「ひっ……!?」

ガルナザークが放つ殺意の視線に男は思わず後ずさりし、その場に尻餅《しりもち》をつく。

だが、彼はすぐさま強気な笑みを見せ、語気荒く叫ぶ。

「き、貴様こそ！　何をしているのか分かっているのか！　私はグラストン王国より勅命《ちょくめい》を受けた騎士団の長だぞ！　私に手を上げ、任務の妨害をするということは即ち、グラストン王国への反逆に他ならない！　いくら貴様が我らと同じ人族とはいえ、国家反逆者は死刑！　パラケルスス様の名のもとに貴様らもこの集落も終わりだぞ！」

「だからどうした」

そんな騎士団長のセリフに対し、ガルナザークは一切揺るがない。

むしろ、そんな騎士団長をはじめ騎士達全員を下に見るようにして堂々と告げる。

「貴様こそ、何か勘違いしていないか？　我は人間ではない。魔王だ。そして、魔王とは――人間を蹂躙《じゅうりん》するものだ」

「ま、魔王……？　な、なんだそれは？　お前は何を言っているんだ⁉」

困惑する騎士団長。

しかし、その顔には明らかな恐怖が宿っていた。

「おい、いいのか、ガルナザーク。お前がさっき言ったことだぞ。この世界の全人類を敵に回してでも、鬼族を救う覚悟がお前にあるのか？」

先程ガルナザークに言われたセリフを、今度はオレが奴に返す。

それに対し、ガルナザークはさも下らないとばかりに鼻を鳴らす。

「フンッ、貴様こそ何を言っている。それこそ〝魔王の本分〟よ。それに勘違いするな。我は鬼族全員のために人類を敵に回すのではない。そこにいる〝我の配下ただ一人〟を守るために人類を敵に回すのだ」

そう言って、ガルナザークは彼を見上げる少年ミズルに視線を送る。

こいつ、一体どこまでが本気で、どこまでが計算だったのか。相変わらず食えないガルナザークに対し、オレは微笑みかける。

「そういう貴様こそ、覚悟が決まらぬのなら早々にここから去るのだな。今ならまだ我とこの世界の喧嘩《けんか》ということだけで済むぞ」

「冗談よせよ。オレだってとっくに覚悟を決めたさ」

「にゃははは｜、そういうことなのだ｜。お父様だけにいい格好はさせないのだ｜」

そうしてガルナザークを中心に、オレとリリムも騎士団と対峙する。

それを見た騎士団長は、怒りも露《あら》わに周囲の騎士達へと命令を下す。

「殺せ｜！！」

即座にオレ達を取り囲む騎士団。

だが、相手が悪すぎた。オレだけでなく、かつて世界を支配していた魔王を相手に戦いを挑むということがどういう結果を生むのかを、こいつらは理解していなかった。

「ふんっ、雑兵共が。貴様ら、装備だけは一人前だが、まともに戦いをしたことがあるのか？　察するに貴様らの剣は、奴隷を斬るためだけにある一方的な虐殺の剣と見た。ならば、光栄に思うがいい。貴様らは人生の最後にて初めて〝狩られる側〟の恐怖を知るのだからな」

そのガルナザークの宣言と共に、奴の周囲に無数の怨霊が現れる。

それら魑魅魍魎《ちみもうりょう》は、瞬《また》く間に騎士団達を取り囲んだ。

「う、うわっ⁉　な、なんだこれは⁉」

「ぼ、亡霊《ぼうれい》なのか⁉」

「こ、こいつら剣が効かないぞ！」

「な、なんなんだこれは⁉　なんなんだー⁉」

初めて見る現象――否、恐怖に怯え、逃げ惑う騎士団達。

しかし、そんな彼らを魔王は決して逃さない。ガルナザークは静かな殺意と共にそのスキル名を呟く。

「デスタッチ」

スキルの発動と共に、次々と騎士達を襲う悪鬼の群れ。

それらが触れた瞬間、騎士達は魂が抜けたが如く地面に倒れ、そのまま息を引き取る。

もはや戦闘とも呼べぬ、ただの命の刈り取り。一方的な搾取にして虐殺。

かつてこいつらが幾度となく、あらゆる鬼族の集落で行ってきた理不尽な行為を、今度は奴ら自身がその身をもって味わうこととなった。

「ひぃぃぃぃぃぃぃぃぃぃぃぃぃぃ!?」

最後に残った騎士団長の周囲を、騎士達の魂を貪《むさぼ》り恍惚《こうこつ》とした表情で笑う魍魎達が取り囲む。

一瞬にして自らの部下達が残らず死んだ事実に腰が抜けたらしく、騎士団長は体を震わせながらその場でジタバタともがいていた。

「さて、何か言い残すことはあるか?」

最後の慈悲か、あるいは断末魔の恐怖の観察か。ガルナザークはそう言って騎士団長を見下す。

しかし、騎士団長はいよいよ開き直ったのか、その顔に狂気的な笑みを浮かべた。

「く、くくくっ！　ば、バカ共が！　もはやお前らも終わりだぞ！　我々王国の恐怖を――いや、この世界の支配者パラケルスス様と、その配下である『三虚兵』様の恐ろしさを知るがいい！　お前達は自らの死刑執行書にサインを記したのだ！」

それは決して強がりではなく、確固たる自信に満ちた言葉であった。

目の前であれほど理不尽な死を与えられたにもかかわらず、男はオレ達の死を確信している。

つまりこいつらはそれほどに、彼らの支配者にしてこの世界の王であるパラケルススの力を信奉しているということだ。

「パラケルススの力など百も承知よ。だが奴は我が葬る。元々、我はそのつもりでこの世界に来たのだからな」

しかし、ガルナザークはそうハッキリと答えた。

それにはさすがの騎士団長も驚いたのか、一瞬息を詰まらせる。

そして、ガルナザークが腕をひと振りすると、周囲に漂っていた魑魅魍魎が次々と騎士団長の体に食らいついた。

「がはッ!?」

それはさながらピラニアが漂う水辺に肉塊を放り投げるが如く、魍魎達は歓喜の声を上げつつ食い破っていく。

全身血まみれとなり、地に伏す騎士団長。だが、死を直前にしたその瞳に悪意の炎が宿る。

「くっくっく……貴様らが何者かは知らんが……貴様らにこの世界をどうにかできるものか……せいぜい、無駄なあがきで苦しむがいい……！」

そう言った男の視線が、ガルナザークの背後にいたミズルとその家族を射抜く。

「この集落にいる全鬼族に命じる！　貴様らはこの場にて、苦しみもがいて死ねッ！」

「なっ!?」

男がそう告げると同時に、集落にいた鬼族達が次々とその場に倒れ始めた。

見ると、鬼族達の腕や足についた『奴隷鎖』が輝き、何かを送り込んでいるようだ。これは奴の下した命令が彼らを苦しめながら死に追いやっているのか⁉

なんていうとんでもないことを……！

「お前！」

オレは男の胸ぐらを掴むが、すでにその目に光はなく、死んでいることを認識する。

「おのれ……！　最後の最後に姑息《こそく》な真似をしおって！」

見ると、あのガルナザークですら怒りを顕《あらわ》にしていた。

オレはすぐさま近くにいたミズルの母親に駆け寄り、彼女の腕についた奴隷鎖を壊そうとするが――

「む、無理です……この『奴隷鎖』を無理やり外したり、壊したりすれば……仕込まれている術式が発動し、私達はすぐに死にます……もう、こうなった以上、助かる方法は、ありません……」

そして彼女は自らの死を悟ったのか、苦しむミズルを抱き寄せる。

「ど、どうすればいいのだ⁉　お父様、ユウキ！」

苦しむ鬼族達を見て動揺するリリム。

確かにこれでは打つ手なしだ。

――ここにいるのがオレでなかったらな。

「大丈夫だ。問題ない」

オレはそう告げると、ミズルとその母親の奴隷鎖に触れる。そして、

「『アイテム使用』!」

オレは自身のスキルを発動する。

その瞬間、両者の腕に装備されていたアイテム『奴隷鎖』はオレの中へと吸収され、直後に新たなスキルが発現する。


スキル『アイテム使用』により、スキル『隷属契約』を取得しました。


「あ、あれ……?」

「え……?」

突然苦しみが治まり、なにが起こったのかと戸惑う二人に、オレは笑いかける。

これで二人は大丈夫。問題は他の鬼族達だ。

今のと同じようにして、ここにいる全員の『奴隷鎖』を解除するには、あまりに時間がかかりすぎる。おそらく、その前にほとんどの住人が死ぬだろう。

ならばと、オレはすぐさま今取得したばかりのスキルの確認を行う。

スキル：隷属契約（ランク：A）
効果：あなたのレベル以下の対象と隷属契約を結ぶ。隷属化した対象はあなたの命令に従う。
　また対象があなたのレベル以下ならば、すでに隷属化している者の契約を解除できる。

やはりな。スキルの説明を見て、オレは頷く。

それから両手を掲げると、この集落の鬼族全員に向け、スキルを発動させる。

「スキル発動！　『隷属契約』！　この場にいる全ての者の隷属契約を解除する！」

オレがそう告げた瞬間、鬼族達の腕や足につけられていた奴隷鎖が次々と外れる。

それに伴い、地面を転がって苦しんでいた鬼族達が、信じられないといった表情でオレを見る。

「どうやら上手くいったようだな」

そうオレが笑いかけると、鬼族達は一瞬呆けたような顔を見せたが、その直後に歓喜の声を上げた。

「お、オレ達助かったのか！」

「いいや、それだけじゃないぞ！　オレ達を縛っていた『奴隷鎖』が外れたんだ！」

「これでオレ達、自由になったのか!?」

「自由だ！　オレ達は自由だ！」

「やった！　やったぞ！」

「ああ、来訪者様！　ありがとうございます！　本当にありがとうございます！」

オレとリリム、ガルナザークを囲み、感極まったように礼を告げる鬼族達。その中には無論、少年ミズルと彼の母親、村長の姿もあった。

◇　◇　◇

「我々の命をお救いくださったばかりか、奴隷からの解放までしていただき、誠にありがとうございます」

「フンッ、勘違いをするな。我はお前達を救ったわけではない。そこにいる我の部下を救っただけだ」

「そう言いながら、連中を真っ先に仕留めにかかったのはお前だろう。存外、オレ達の中で一番こいつらのことを気にかけていたんじゃないのか？」

「にゃははー、ありえるのだー」

「黙れ。貴様らのようなお人好しと我を一緒にするな。我は魔王なるぞ」

「はいはい、分かりましたよ。魔王様」

騎士団を退けたオレ達は感謝され、祭り上げられそうになったが、今はそれどころではない。すぐさま、この後に起きるであろう事態に対応すべく、集落の人々を交えて村長の家で会議を開くこととなった。

「それで村長さん。これでオレ達はこの世界の人間――グラストン王国と敵対することになりましたが、これはどのくらいで向こうに伝わりますか？」

「そうですな……ここへ派遣された騎士団が戻らないとなれば、一週間ほどで異変に気づくでしょう。あるいは別動隊が先程の一件を観察しており、首都に戻って報告しようとしておるかもしれません。となれば、すぐにでも軍を率いて、この集落を攻めに来ると思います」

なるほど。あまり猶予は残されていないということか。

となれば――

「では、作戦は一つだな。先に我らが連中の首都を堕《お》とす」

そう宣告すると同時にガルナザークが立ち上がる。

それに鬼族の人々は驚いたような顔を向けた。

だが、実のところオレもガルナザークと全く同じ意見であった。

「だな。敵の首都を堕としてしまえば戦いそのものを終結できる」

「ほお、お前も少しは魔王のやり方を学んだか？　ユウキよ」

「どうかな。それにどのみち、オレ達が向かおうとしていたのも首都だ。行先は変わらない」

「にゃはははー、その通りなのだー」

ガルナザークに続き、オレとリリムも立ち上がる。

そんなオレ達に対し、村長をはじめとする鬼族達が揃って頭を下げる。

「本当に皆様にはなんと感謝をしたらいいのか分かりません。できれば我々も一緒に戦いに参加を……」

「余計なことをするな。お前達が来たところで戦力にならん。それよりも、敵の別動隊がこの集落に襲いかからんとも限らぬ。それを防ぐためにも、自分達で自衛の手段でも身につけておけ」

そう言ってガルナザークは先程倒した騎士達の装備を村人達へと投げると、続けてオレに視線を送る。

オレはその意味を理解し、すぐさまスキル『武具作製』を使い、倉庫一つ分の装備を生み出す。

「ま、これだけあれば防衛も大丈夫でしょう。一応、オレが作った武具には軽い強化魔術もかけておいたんで、並の相手なら決して負けませんよ」

「こ、これはすごい！　こんなに巨大な剣なのに重さを全く感じない！」

「防具もそうだ！　こんな頑丈な鎧なのに、まるで羽のように軽いぞ！」

オレが生み出した武具を前に「これが異世界の奇跡なのか！」とはしゃぐ鬼族達。

まあ、これならオレ達がこの集落を後にしても大丈夫だろう。見たところ、鬼族の人々はどれも普通の人間より屈強な体つきをしている。今や奴隷の楔《くさび》から解放された彼らならば、十分以上に戦えるだろう。

中には「このままオレ達で近くの集落の鬼族達を解放しよう！」と息巻く連中もいるほどだ。

「それはやめておけ。下手に騒ぎを広げればヤブヘビだ。お前達の同胞を救いたい気持ちは分かるが、我々が首都を堕とすまで我慢せよ。なに、敵の首都さえ堕とせばあとはどうとでもなる。その後は我がこの世界の支配者として、お前達を統治してやるから安心せよ」

と、それまではしゃいでいた鬼族達が思わず後ずさりするほどの邪悪で寒気を与えるような笑みを、ガルナザークは浮かべる。

うーむ、こいつどこまで本気なのか分からんなー。

案外、本気でこの世界を支配し出しそうで恐ろしい。ふと隣のリリムを見ると「にゃははー、お父様の本心については聞かない方がいいのだー」と語る。

そうか。読心術使いのこいつが言うのならそうなのだろう。

まあ、今はその件は置いておこう。

「ともかく、オレ達はこのまま王国の首都を目指します。皆さんはここを防衛していてください」

「分かりました。それでは、どうかお気をつけください。ユウキ様、リリム様。そしてガルナザーク様」

村長が頭を下げると、それに倣ってこの場に集まった全員が頭を下げる。

そして最後に、ミズルがガルナザークの傍に近づくと、その手を強く握り締める。

「おじちゃん……ううん、魔王様。どうか、どうか、僕達を、この世界を解放してください！」

そう強く願うように叫ぶ少年を前に、ガルナザークはいつもの不敵な、魔王としての笑みを見せる。

「言っただろう、ミズル。我は解放はせぬ、支配するとな」

そう言って歩き出したガルナザークの後を追うように、オレとリリムも集落を後にする。

目指すはグラストン王国の首都、ガルザリアだ。

◇　◇　◇

「その報告は真《まこと》か？」

グラストン王国首都ガルザリアの王城にて、その人物は部下からの報告を受けていた。

金色の髪を後ろにまとめ上げたオールバックの髪型。着ている服は周りにいる騎士達とは異なり、荘厳《そうごん》な装飾が施《ほどこ》された軍服のようなデザインである。

そして玉座に座っている点も、明らかに周りとは格の違う存在であるとアピールしていた。

「はっ、間違いございません。近隣の集落に向かった騎士団が全滅したと、偵察部隊より報告がありました。騎士団を全滅させたのは奇妙な服を身に纏った三人の人間であるそうで、うち一人は禍々《まがまが》しい魔術を行使しており、あのような魔術は見たことがないと」

「なるほど」

その報告を受けて、玉座に座る人物は思案する。

やがて、報告をした部下へと問いかける。

「お前はその連中のことをどう思う？」

「おそらくですが……この世界の人間が鬼族達を守るために我々と戦うことは考えにくいです。それに報告にあった連中の服装、そして我々の知らぬ強大な魔術を行使したとなれば、答えは一つかと」

「やはり、そういうことか」

自分と同じ考えに至った部下を見て、その人物は玉座より立ち上がる。

すると、その場にいた全ての兵士達が跪く。

「その者達、異世界人の可能性が極めて高い。であれば、あのパラケルスス様以来の来訪者だ」

「まさか……！」

「だが、それ以外に考えようはあるまい」

「しかし、そうなると連中の目的は一体何だ？」

「パラケルスス様同様、この世界の支配が目的か？」

「もしも連中がパラケルスス様と同様の力を持っていれば……」

一気にざわめき立つ場。しかし、そんな部下達を玉座の主が一喝する。

「恐れるな。我らにはパラケルスス様と『三虚兵』がついている。いかな異世界の来訪者とはいえ、そう簡単に我らを堕とすことはできぬ。だが、万が一のためにこの城の防衛を強化せよ。そして、その連中を一刻も早くここへ捕らえてくるのだ」

「はっ！」

主の命令を果たすべく、すぐさま退去する兵達。

だが、玉座の主はそんな部下達の姿を見ながら、彼らに来訪者を捕らえることはできないだろうと確信していた。

「……異世界よりの来訪者か。連中の力がいかほどのものか試させてもらうとしよう。なあ、ギルト」

そう言って、玉座の主は自らの後ろに控えた男へと声をかける。

暗がりの中、その男は静かに頷き、まるで巌《いわお》のような体を起こす。
その丸太のような首では、奴隷の証である『奴隷鎖』が鈍い光を放っていた。

【現在ユウキが取得しているスキル】
『金貨投げ』『鉱物化（龍鱗化）』『魔法吸収』『空間転移』『ドラゴンブレス』『勇者の一撃』
『ホーリーウェポン』『魔王の威圧』『デスタッチ』『武具作製』『薬草作成』『毒物耐性』
『呪い耐性』『空中浮遊』『邪眼』『アイテムボックス』『炎魔法ＬＶ３』『水魔法ＬＶ３』
『風魔法ＬＶ３』『土魔法ＬＶ３』『光魔法ＬＶ10』『闇魔法ＬＶ10』『万能錬金術』『植物生成』
『ミーナの記憶』『隷属契約』

第三使用　グラストン王国

鬼族の長老より教えられた、グラストン王国の首都ガルザリア。

砂塵舞う荒野を抜け、巨大な外壁に守られたその街にたどり着いたオレ達は愕然《がくぜん》としていた。

「ここがこの世界を支配する国の首都なのか？」

それはある意味、予想外の光景であった。

確かに、古代エジプト調の建物とでも表現すべき、白くて四角い石造りの建物がいくつも並んでいたのには目を見張った。

が、圧倒されたのはそうした建造物のみ。オレ達を出迎えたのは、この街に蔓延《まんえん》する匂いだった。

それは花のような芳《かぐわ》しい匂いでも、活気に満ちた人々の汗の匂いでもない。

公共の場にもかかわらずあちらこちらに放置されたゴミ、汚物、更には人の死体によって生じた刺すような異臭である。

「これはまた……」

「ううー、ひどい場所なのだー」

路地には放置された人間や鬼族の死体をカラスや犬などが貪《むさぼ》り、建物の周囲に放置されたゴミが山のように積まれている。

いくら異世界とはいえ、人間が暮らす街の——それも首都の大通りでこのような惨状が放置されているとは……

オレ達がいたファルタールでも、このような光景は見たことがない。

人間国にしろ、魔国にしろ、そこに知能や理性を持つ生物が暮らすのであれば、最低限衛生的な環境は整えるべき。

それはただ街の通りを綺麗な見た目にしろという話ではない。こうした汚物や死体の放置は疫病を招き、そして様々な悪循環の温床となる。

少し考えれば誰でも分かることのはずなのだが、驚くべきことに街の広場で椅子に座る者達は誰ひとりとして目の前の問題に見向きもせず、我関せずといった様子で昼間から酒を飲んでいた。

見ると、その多くが薄汚れた格好をしているが、服自体はいい生地に綺麗な装飾が施されたものだ。

もしかして、こいつらはこの国の貴族なのか？

それがなんで、こんな昼間から酒を飲んで、公共の惨状を放置しているんだ。

オレが驚いていると、広場で酒を飲んでいた一人の男が近づいてくる。

「なんだぁ、お前ら。見ない顔だなぁ、どっから来たぁ？　うぃっく」

明らかに酔った様子の男は、酒瓶をまたひと口呷《あお》る。

「ああ、えっと、ちょっと遠くから来たんだけど……あの、一つ聞いていいでしょうか？　なぜあなたは昼間から酒を？」

「ああん？」

何を言っているんだ、こいつは？　という顔でオレを見る男。

それはむしろこちらがするべき反応だろう。

オレは周囲の惨状を指しながら重ねて質問する。

「ここ、この国の首都ですよね？　なのにこの荒れようはなんですか？　周りはゴミだらけだし、汚物すらも撒き散らかしている。挙句、路地には死体が積まれているのを見ましたよ。こんな環境で人間が暮らしているなんて正気なんですか？　国や王は何をしているんですか？」

思わず声を荒らげるオレであったが、しかし男の答えは衝撃的であった。

「王ぅ？　何言ってんだ、お前さん。この国に王なんて、とっくの昔にいないぜぇ。ひっく」

「は？」

男が告げたひと言に、オレだけでなく、ガルナザークとリリムも息を呑む。

そんなオレ達を、男は不思議そうに首を傾げながら見つめる。

「そもそも、街の掃除なんか鬼族の役目だろうが。んなものオレ達は知らねぇよ。オレ達はただ昼間は酒を飲んで過ごし、夜も運ばれた食事を食べて寝る。その繰り返しだ。それがこの世界のルールなんだとよぉ、ひっく」

「ルールって、なんだよそれ？」

「あー、なんだっけかなぁ……忘れちまったなぁ。まあ、お前さんが言ってる王みたいな奴の命令だろう……つーか、絡むのも疲れてきたんで、あとはお前らで勝手にしろよぉ、ひっく」

男はそのまま近くのベンチまで行くと、そのまま横になって眠り出す。

他の住人達も同じような有様で、誰ひとりとしてまともに働く様子はなく、そこにある何かを消費しては惰眠を貪っている。

唯一、首や腕に『奴隷鎖』を付けられた鬼族達が、こぼれた食事を片付け、あるいは新たな料理や酒などを運んでいるが、薄汚れた貴族に対して圧倒的に足りていない。

そのために街のゴミや汚物は増えるばかりで、やがて力尽きた鬼族達が路地で死体となっているのだと分かる。

そんなあまりにもありえない光景に、オレは目眩《めまい》を覚えた。

もはや、それは国として完全に破綻した姿であった。

「これはさすがに予想の遥か下であったな。これが国だとするのならば、一度我らが滅ぼした方がこの世界のためだ。鬼族だけでなく、人間にとってもな」

ガルナザークもいつになく冷酷に呟く。

今回ばかりはさすがのオレも同意する。

これはあまりにも退廃を極めすぎている。

国そのものがもはや機能せず、緩やかな自滅の道を歩いている。

ただ人間が鬼族達を支配し、隷属させることで国を統治しているのならば、いっそどれほどよかったであろうか。

そうであったのならば、まだ人間がこの世界を支配していると、ある種の正義があったと言えただろう。

だが、この首都の有様を見て、それすらどれほど甘い幻想であったか思い知らされた。

そこには支配もなく、統治もない。

国という概念そのものがすでに崩壊し、あるのは貢《みつ》ぐ者と、それを甘受する者。

その両者はどちらも、破滅の道を歩んでいると気づいていない。いや、貢ぐ側の奴隷がそれに気づいていたとしても、上に立つ支配者側が気づいていないのが致命的すぎる。

この国は、この世界はもう終わりだ。

そう実感させるほど、オレ達が目にしたものは異常であった。

と同時に、オレは自分達がこの国を滅ぼすことへの意味を見いだせた。

鬼族達を解放すること以上に、ここでこの負の連鎖を、退廃を止めなければ、この世界そのものが終わる。

それを確信したのはオレだけでなく、共にこの世界に来た二人も同じようで、オレ達はそのままこの街の奥にそびえ立つ城へと向かった。

先程の男はもはや王はいないと言っていたが、城がある以上、あそこにこの国の統治者――いや、統治を放棄した何者かがいるはず。

それがパラケルススであるのならば、今ここで決着をつけて、ファナを取り返すまで。

オレ達が城の門まで近づくと、扉を守護していた数人の兵士に呼び止められる。

「止まれ。貴様らこの城に何の用だ？」

槍を突き出す数人の兵士に対し、ガルナザークはその槍の矛先《ほこさき》を手で砕くと同時に宣言する。

「侵略だよ。今よりこの城を我々が堕とす」

「な、なに!?」

ざわめき出す兵士達。やがて一人の兵士が何かに気づいたのか、慌てたように叫ぶ。

「こ、こいつら！　まさか例の異邦人ではないのか!?」

「なに！　ではこいつらが集落に向かった騎士団を!?」

「おのれ！　たった三人でここへ攻め入るとは、身の程を教えてやろう！」

そうして、彼らは武器を構えて襲いかかってくるが、ただの人間の兵士がオレ達に敵うはずがなかった。

「散れ」

そんなひと言と共にガルナザークから放たれた見えざる障壁が、立ちはだかった兵士全員を吹き飛ばして壁にめり込ませ、気を失わせる。

そしてその衝撃で城の門はこじ開けられ、中へと繋がる通路が開かれた。

オレ達三人はそのまま堂々と正面から、城の中へと侵入する。

「何事だ！　今の音は!?」

「て、敵襲だ！」

「ば、バカな!?　ここへ敵襲だと！　一体何者が!?」

「見ろ！　奴ら……例の異邦人だ！　捕らえろ！　捕らえろー！」

次々と城の奥より兵士が現れるが、現れたそばからオレ、あるいはガルナザークやリリムの一撃によりことごとく倒れていく。

あるいは戦意を喪失してその場に跪く者、腰を抜かし座り込む者。泡を吹いて気絶する者と様々であったが、しかしこれでは首都というにはあまりに脆《もろ》すぎる。

いや、長年敵を持たず、支配することしかしてこなかった兵士というのは、存外こういうものなのかもしれない。

ガルナザークも言っていたように、こいつらの武器は奴隷から搾取するためにしか振るわれなかったのだから。

そうこうしている内に、オレ達は城の最上階へとたどり着く。

そこには荘厳な扉があり、いかにもその向こうに玉座があるという雰囲気であった。

「ここか」

この奥にパラケルススがいるかもしれない。

覚悟を確かめるようにオレ達は一度互いに見合った後、ゆっくりと扉を開ける。

しかし、そこにいたのはパラケルススでも、あの時奴に付き従っていた『三虚兵』とやらでもなかった。

真っ赤な絨毯《じゅうたん》が引かれた巨大な大広間の玉座に座していたのは、一人の女性。

金色のオールバックのような髪に、荘厳な軍服のようなものを着た、整然とした外見の人物である。

「待っていたぞ。お前達が異世界よりの来訪者か？」

女王。

その女性は、そう呼ぶことがいかにも相応しいと納得させられるような、不思議なカリスマ性と威圧感を持っていた。

少なくとも、オレがこの首都で見てきた人間の中で、最も高貴さと気高さを感じさせる人物であることは間違いない。

「あなたは？」

問いかけるオレに、女性は玉座に腰掛けたまま静かに答える。

「私の名はマリアンヌ。マリアンヌ・フィア・グラストン。この地を治める統治代行者だ」

統治代行者？　女王ではないのか？

それにグラストンというのは、この国の名前では？

オレが女性の名乗りに違和感を覚える一方で、彼女の方はどこかこちらを観察するように眺めている。

「まさか報告を受けたその日に、ここへ襲撃に来るとはな。異世界人というのは随分と忙《せわ》しないらしい」

「はっ、戦《いくさ》の基本は先制にある。相手がのんびりと構える暇を与えず、頭を潰す。これに勝る戦術などあるのか？　むしろ、貴様らは長年支配することにあぐらをかきすぎだ。たった三人に国を奪われる。これほど愚かな結末すら防げぬのだからな」

「確かにその通りだな。卿《けい》の言う通り、我らは衰退したのだろう」

ガルナザークの発言に、マリアンヌは自嘲を思わせる笑みを見せた。

が、次の瞬間には、こちらを射抜くような鋭い決意をその瞳に宿す。

「しかし、まだここが堕ちたわけではない。確かに我が国の兵士達は支配し、蹂躙することに慣れすぎて、外敵との戦いを忘れていた。が、そうでない種族もこの世界にはいることを忘れるな。彼らは五百年以上にわたり、蹂躙され続けることで常に叛旗《はんき》と戦意を磨き続けた。この世界において戦うために生まれたかの種族の力は、お前達異世界の者にも引けを取らぬと知れ」

その宣言と同時、上から何かが降ってきた。

瞬時に後ろに下がると、それに一瞬遅れて先程までオレ達がいた場所が粉々に砕け散る。

見るとそこには、体長二メートルを超える男が地面に拳を突き立てていた。

ただの一撃。それだけで地面は割れ、壁にはヒビが伝わり、衝撃に城そのものが揺れた。

「紹介しよう。そいつは私の専属奴隷。数多いる鬼族の中から私が選び抜いた鬼族の戦士。名はギルトだ」

「…………」

それは巨大な巌のような男であった。

片目を隠すほどの長い黒髪に、その髪から覗く白い角は、間違いなく鬼族の証。

「やれ、ギルト。そいつらを殺せ」

幽鬼のような表情でオレ達を睨むその男ギルトは、主であるマリアンヌの命令に従い、オレ達へと拳を振るう。

「確かにさっきまでの連中に比べれば少しはマシだな。けれど、残念だったな。オレ達相手に鬼族をぶつけたのは失敗だぜ」

オレは不敵に笑みを浮かべ、スキル『隷属契約』を使用し、ギルトの首にかけられた『奴隷鎖』による支配を解除する。

よし。これでギルトも奴隷の楔から解放されて自由だ。

そう思ったオレが気を緩め、体の力を抜いた瞬間であった。

そんな隙を狙い撃つように、ギルトの放った拳がオレの腹へと入る。

「がっ⁉」

「ユウキ！！」

バカな、どうして⁉

一瞬の困惑の後、オレは遥か後方へと吹き飛ばされ、壁に激突すると同時に吐血する。

殴られた箇所を手で触ると、肋骨が何本か折れているのが確認できた。

これは……まずい。隙を突かれたのもあるが、ギルトのパワーは予想以上だ。

オレはなんとか回復魔法を自身にかけながら、唇から滴《したた》る血を袖口で拭う。

「愚か者が。戦闘の最中に気を抜きおって」

「大丈夫なのか？　ユウキ」

「……ああ、大丈夫だ……」

そんなオレの傍にガルナザークとリリムの二人が寄ってくる。

しかし、一体これはどういうことだ？

オレは確実に、ギルトの奴隷の束縛を解放したはず。なのに、なぜあいつはまだオレに拳を振るうんだ？

ギルトはそんな疑問を抱くオレに追い打ちをかけるが如く、今度はまるで獅子や狼を思わせる俊敏な脚力をもって距離を詰めると、即座に拳を振り下ろす。

「くっ！」

オレ達はなんとか咄嗟に回避するが、避けた場所にはまるで隕石でも落ちたかのようなクレーターが刻まれる。

疑問はあるが、今はそれに囚《とら》われている場合ではない。

洗脳が解除できないのならば、真っ向からこの男を倒すしか手はない。

「はああああああああああぁぁッ！」

いかにギルトが巨大な力の持ち主とはいえ、こちらは聖剣持ちの勇者だ。

不本意だが、一撃で戦闘不能にさせてもらう。

多少の怪我を与えるのは承知の上で、しかしこの相手ならばオレの全力のひと太刀を受けても死ぬことはないだろうと刃を振るう。

しかし、その考えは甘すぎたとオレは即座に理解する。

あろうことかギルトは聖剣を右手に貫通させると、そのまま聖剣の柄《つか》を握り締めることでオレの攻撃を防いだ。

「なっ⁉」

自らの腕を犠牲にしてまで攻撃を防ぐなんて、並みの精神では不可能だ。

驚くオレをよそに、ギルトは残った左腕を振りかぶり、オレの顔面目掛け拳を振るう。

「くっ！」

オレは瞬時に聖剣を離すと後方へジャンプ。

紙一重の差で、ギルトが放った拳がオレの髪を僅かに散らす。

強い。

こいつの強さは少なくとも魔人級に相当する。この世界にもこれほどの猛者《もさ》がいたとは。

いや、ここが敵国の首都であることを踏まえれば、これくらいの相手はいて当然。なによりもオレ達が倒そうとしている相手は、コイツ以上の実力者なんだ。

これ以上、無様な戦いをしてはいられない。

「ユウキ！　私も手助けするのだ！」

「いや……こいつはオレ一人でやらせてくれ、リリム」

加勢しようとするリリムに対し、あえてオレはそれを突き放す。

「で、でも……」

「奴の好きにさせろ、リリム」

不安そうな表情を浮かべるリリムを、しかしガルナザークが制止する。

奴も、オレがこの程度の相手に敗れるようなら話にならないと思っているのだろう。

そうだ、こいつはオレ一人の手で倒したい。

そう覚悟を決めたオレは、両手を『龍鱗化』によって覆い、静かに構えた。

それを見たギルトも同じく拳を構える。

互いに、次の一撃で勝負を決するべく力を込める。

しばしの静寂がオレとギルトを中心に流れる。

やがて、破壊された天井の破片が落ちてきて地面についた瞬間、それを合図にオレとギルトは同時に動いた。

「おおおおおおおおおッ！」

「ふッ！」

全力で地を駆け、瞬時に互いの間合いへと入り、渾身の拳を打ち放つ。

オレは咆哮と共に、そしてギルトは僅かなひと息と共に、互いの顔面に拳を打ち放つ。

空気が激しく振動するほどの炸裂音が城中に響き渡る。

「……ぐっ」

脳を揺らす、とんでもない衝撃。

ギルトの一撃はオレの左顔面に入り、その拳の重さにオレは思わず片膝をつく。

玉座に座るマリアンヌがそれを見て、勝利を確信した笑みを浮かべたのが分かった。

が、次の瞬間、その笑みは崩れ去る。

「……がはっ！」

オレの拳を受けたギルトが、口から血を流し、前のめりに倒れたのだ。

「!?　バカな！　あのギルトを正面から倒しただと!?」

思わぬ結末だったのか、さすがのマリアンヌもそれまでの表情を一変させ、思わず玉座から立ち上がる。

「ここまでだな。オレ達の勝ちだ」

口から滴る血を拭いながら、オレはガルナザーク達と共にマリアンヌの前に立つ。

「……さすがだな。異世界からの来訪者。どうやら、お前達の力は本物のようだ」

「そういうことだ。我々を敵に回したことを後悔して死ぬがいい」

そう告げて、ガルナザークが右手を掲げる。

が、そこでなんと倒れていたギルトが立ち上がり、マリアンヌを庇うように仁王立《におうだ》ちした。

「……なんのつもりだ？」

自分を戦闘の道具として使役《しえき》していたはずの相手を身を挺して庇うギルトに、ガルナザークが眉をひそめる。

「それも『奴隷鎖』による命令か？　それとも、そうするように洗脳なり支配なりをされたか？　いずれにしろ、貴様らを虐《しいた》げ続けた人間を守る理由などあるまい。そこをどけ、さもなくば貴様ごとそいつを殺すまで」

「………………」

ガルナザークの警告にも、ギルトは動かない。

それを見て、ガルナザークは僅かに溜息をこぼすと、次いで冷酷な表情を浮かべる。

「そうか。ならば、せめて主共々、楽に殺してやろう」

「待て」

そうしてガルナザークが手刀を振り下ろそうとした瞬間、オレの手が奴の腕を掴んでいた。

「なんのつもりだ？　ユウキ」

「まあ、落ち着けって、ガルナザーク。ちょっとこいつらと話させてくれ」

ギロリと睨んでくるガルナザークを落ち着かせながら、オレは目の前に立つギルトとマリアンヌを見比べる。

「ギルト、って言ったな。お前……最初から〝支配〟されてないだろう？」

「なに？」

オレの問いにガルナザークは疑問の声をこぼし、一方のギルトとマリアンヌは、思わずといった様子で息を呑んだ。

「オレは最初、『隷属契約』を使ってお前の隷属状態を解除した。にもかかわらず、お前はそのままオレに対して戦いを挑んだ。更には自分を盾にしてまで彼女を守ったことに加え、お前の瞳に迷いがないことからして、無理やり隷属化されていないと考えるのが妥当だ。話してくれ、なんでお前は、お前達鬼族を虐げているはずのこの国の統治代行者とやらに従うんだ？」

「…………」

オレの問いに対して黙り込むギルト。

しかし、その背後にいたマリアンヌが、ギルトを下がらせるようにして前へと出てくる。

「もういい、ギルト。後は私から話そう」

その言葉にギルトは頷き、マリアンヌの傍に控える。

「先程の戦い、見事であった。ギルトを相手にそれを上回る力、さすがだ。どうやらお前達はあのパラケルスス同様、異世界の強者らしい。ならばこそ、お前達を見込んで頼みがある」

「頼みだと？　貴様、正気か？　我々はそのパラケルススを倒そうとしているのだぞ」

マリアンヌが告げようとした頼みとやらを鼻で笑うガルナザーク。

しかし、次に彼女が告げたセリフに、オレ達は驚愕することになる。

「ああ、まさにそれをお前達に頼みたい」

「……なに？」

一体何を言っているのかとこちらが戸惑いに呑まれる中、マリアンヌはその場で膝を折り、オレ達に対して頭を下げた。

「頼む。この国を、いや、この世界を、パラケルススの支配から解き放ってくれ」

◇　◇　◇

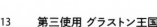

そこは漆黒に彩《いろど》られた部屋の一室。

部屋の中央には淡《あわ》い光を放つ魔法陣があり、その中心に両足を鎖で縛られたファナがいた。

怯える彼女の前に一人の男が姿を現す。

漆黒のローブを身に纏い銀色の髪をなびかせる、人間離れした美しさを持つ男——錬金術師パラケルスス・フォン・ホーエンハイム。

彼は右手に赤く輝く『賢者の石』を持ち、左手には渦巻く黒い球形の何かを持っていた。

「ファナ、時間だ。さっさとこれを取り込め」

パラケルススはそう告げると、漆黒の球体を差し出す。

しかし、それを見た瞬間、ファナは怯えて後ろに下がり、必死に頭を左右に振る。

「いい加減にしろ。貴様は私が目的を達成するための、いわば道具。その道具が主である私に逆らうなど許可した覚えはない。さっさとこの〝虚ろ〟を取り込め」

パラケルススはそう言って左手に蠢《うごめ》く闇——〝虚ろ〟を差し出すが、ファナはそれに必死で抗う。

「い、嫌……わ、私はもうあなたの道具なんかじゃない……！　私はパパの娘だもん！　もうあなたの言うことなんか聞きたくない……！」

「…………」

そのファナの発言に、それまで無表情であったパラケルススの顔に僅かな苛立ちが現れる。

彼は右手でファナの頭を掴むと、ファナの右目にある〝虚ろ〟に向けて、左手に持つ〝虚ろ〟を無理やり押し込む。

「あ、ぐ、ああ、あああああああああああああぁぁ！」

その痛みにファナはたまらず叫び声を上げる。

それに構うことなくパラケルススはファナの右目に〝虚ろ〟を全て注ぎ終えると、右手を離して床に蹲るファナを一瞥する。

「いい加減、諦めろ。お前は私の道具に過ぎない。今までも、これからも。そもそも貴様を〝作り出した〟のは私の手による計画の一部。生みの親に奉仕するのは子の本分ではないのか？」

パラケルススのその言葉に対し、しかしファナは首を横に振る。

「……違う……あなたは私の親じゃない……私の親は……私を産んでくれたママとパパ……それと、ユウキパパだけだもん……！」

キッ、と拒否するようにファナはパラケルススに視線を向ける。

「くだらないことを。忘れたわけではあるまい。貴様の母は貴様を捨てた。そして、貴様が家族だというユウキとやらも、もうここにはいない。貴様を求める者など誰ひとりいないのだよ」

全てを否定するように告げるパラケルススだったが、ファナは静かに首を横に振る。

「……ううん、パパは必ず来る。パパは絶対に私を見捨てない、助けてくれる。それにママだって……私は、ママのことも信じてる！」

涙を必死にこらえながら答えるファナに、パラケルススは明らかに不愉快そうに顔を歪めた。

彼の知るファナはもっと臆病であった。従順であった。絶望していた。

故に操りやすく、意のままに支配していた。

そう思っていたはずの奴隷の思わぬ反抗に、パラケルススの中には自身で予想だにしていなかった苛立ちが生まれている。

そして、その原因をこの少女に与えた人物——ユウキという男についても並々ならぬ感情を抱き始めているのだが、そこまではまだ気づいていなかった。

「くだらんな。仮に連中がこの世界に来たとしても、この〝研究所〟を突き止めることなどできぬ。つまり、お前は最初から詰んでいるのだ、ファナ。くだらん希望など信じずに、今まで通り私の奴隷としての生を全うしろ」

しかし、ファナはあくまで強い意志の光を宿した瞳をパラケルススに向ける。

そんなファナの瞳にパラケルススはなぜだか言いようのない不快感を覚え、その場を後にする。

僅かな明かりが灯される黒い通路を歩きながら、パラケルススは先程の少女の視線に自らが気圧《けお》されたのではないのかと自問自答していた。

ありえない。仮にそのようなことがあったとしても、それを認めるわけにはいかない。

己は完成された生命。

そして、これからその完成を超える完全となる存在。

そんな自分があのようなちっぽけな、道具に過ぎない小娘の、奴隷如きの視線に畏怖《いふ》しただと？

そのような事実があるはずがない。

しかしパラケルススの中に生まれた揺らぎは、彼の自尊心を傷つけていた。

「パラケルスス様」

そんな折、パラケルススの正面より何者かが姿を現す。

それは白色のウェーブがかった髪を持つ絶世の美少女。パラケルススが抱える『三虚兵』の一人、セレストであった。

「あのような小娘に、パラケルスス様がわざわざ手を煩《わずら》わせる必要などありません。先程の言動、恐れながら見させていただきましたが、パラケルスス様を不快にさせるあのような存在を生かしておく必要などございません。必要なのはあの娘が持つ〝虚ろ〟だけ。であれば、あの娘から〝虚ろ〟を摘出し、それを私の肉体で保管を……」

その先を続けようとした瞬間、パラケルススはセレストの頬を殴り、すぐ傍の壁へと叩きつける。

「出過ぎた発言をするな、セレスト。貴様、私があの小娘の言動を不快に感じたと言うのか？　私があのような奴隷の言動にいちいち心を揺さぶられると思うのか。それに思い上がるな。貴様如きにあの娘の〝虚ろ〟を抑えられるはずがないだろう。そもそも貴様が失敗作だったから、あの娘を誕生させるよう工作したのだぞ。そのことを忘れるな」

「……はっ、申し訳ございません」

セレストは赤く晴れ上がった頬に構うことなく、静かに頭を下げる。

その表情は最初と変わらず冷徹で、氷のように研ぎ澄まされていた。そんなセレストを見下すように鼻を鳴らしたパラケルススは、虚空に向けて声をかける。

「ボイド。いるか？」

「はいはい、こちらにおりますよ」

パラケルススが声をかけると、セレストの背後より、ギターに似た楽器を背負った金髪で長身の男が現れる。

その表情は無感情なセレストと異なり、何かを期待するようにニヤニヤとしていた。

「ガルザリアに向かい、〝虚ろ〟を宿した鬼族を回収せよ」

「ははっ！　お任せください、パラケルスス様。なんでしたら生贄用の鬼族もいくらか回収してきますよ？」

「任せよう。いずれにせよ、早く回収に向かえ。ファナの宿した〝虚ろ〟を完成させるためにも、もっと多くの贄を用意しろ」

「はっ」

パラケルススの命令に頭を下げるボイド。

それを見たパラケルススが姿を消した後、その場に残ったボイドはセレストに声をかける。

「ざまあねえな、セレスト。どうやらパラケルスス様は、お前よりもオレを信頼して任務を任せてくれたようだぜ？　まあ、しょうがないよなぁ。お前はパラケルスス様の最高傑作になるはずだったのに、その実失敗作だったんだからなぁ。あの方が落胆するのも頷けるぜ」

「……………」

挑発するボイドに対し、しかしセレストはそれを無視したまま下がろうとする。

そんな態度がカンに障《さわ》ったのか、ボイドはセレストの肩を乱暴に掴む。

「おい、待てよ。人形。てめえ、このオレ様を無視するとは何様だ？　言っておくが、オレはてめえらなんかよりも遥かに高貴な血筋だということを忘れるなよ。それとも自分があのお方のむ――」

その続きを告げようとした瞬間、ボイドは自らの腕に走る痛みに気がつく。

見ると、セレストの肩に置いた手が、彼女の右手によって掴まれていた。

「ボイド。あなたは何か勘違いしている。私もあなたもあの方のための道具、人形に過ぎない。そこに上下なんて存在しない。あの方の前では全ては等しく塵芥《ちりあくた》。それは『三虚兵』の私達だろうと、あのファナという娘だろうと関係ない。あの方の価値観に道具である私達が優劣をつけるなど、そ

んな愚かな行為に意味はない」

「……ッ！」

意味はないと告げながらも、ボイドの腕を握るセレストの手の力はドンドンと強まる。

それだけではなく、ボイドは掴まれた箇所が見る見る内に干からびていくのを感じた。その感覚はまるで、生命エネルギーそのものが吸収されているかのようだ。

「てめえッ！」

思わず激昂し、拳を振り上げるボイド。

それを見て、セレストもその瞳に静かに殺意を宿す。

そして、両者が本気で刃を交えようとしたその瞬間――

「やめろ。二人共」

唐突に現れ、両者の腕を掴んだ存在。

それは、全身に漆黒のローブを纏った最後の『三虚兵』であった。

「お前か……」

「……メルクリウス」

「このような場所で争うなど、パラケルスス様の手を煩わせるつもりか？　ボイド、貴様はパラケルスス様の命で鬼族の回収に行くのだろう？　こんなところで争っている暇があるなら、さっさと行け。セレスト、貴様もだ。いつからそのように〝人間らしく〟なったのだ？」

メルクリウスの告げた言葉に、両者は視線を逸らす。

やがて、忌々しそうに舌打ちをして先に手を下ろしたのはボイドであった。

「チッ、確かにな。こんな出来損ないの人形の相手なんかしている暇はなかったんだった。なにせパラケルスス様からの勅命だ。とっとと鬼族の回収に向かうとするぜ」

勅命、という部分をわざとらしく強めて告げてから、ボイドは姿を消す。

ボイドの気配が完全に去ったのを確認すると、セレストもまたその場から移動しようとするが、「待て、セレスト」

そんな彼女の背中にメルクリウスが声をかける。

「お前、あの娘を憎いと感じているのか？」

「？」

その言葉の意味が分からない、といった表情でセレストが振り向く。

「どういう意味？」

「言葉通りだ。お前はあの娘が目障《めざわ》りだから、パラケルススに排除を進言したのか？」

ローブの奥から問いかけてくるメルクリウスに、セレストは呆れたように溜息を吐く。

「私にそんな感情なんてない。私はただ、あの方に無礼を働いた者は等しく罰せられるべしと考えただけ。そして、それはあなたも同じメルクリウス。今度、あの方を呼び捨てすれば、私はあなたを容赦しない」

「…………」

そう告げたきり、セレストは静かに暗がりの向こうへと消えた。

その後ろ姿をじっと見つめていたメルクリウスが静かに告げる。

「容赦しない、か。果たしてそれは、主への忠誠や義務だけが理由なのか。セレストよ」

◇　◇　◇

「どういうことなんだ？　だって、お前らはパラケルススの部下じゃないのか？」

突然、パラケルススを倒してくれと懇願してきた統治代行者マリアンヌ。

困惑するオレ達に対し、マリアンヌは更に思いもよらぬことを告げる。

「確かにその通りだ。だが、私はずっと待っていたのだ。お前達のことを……いや、パラケルススを倒せる力を持った異世界からの来訪者を」

「我々をだと？」

ガルナザークが端的に疑問をぶつける。

「そうだ。パラケルススはかつて、異世界よりこの地に来訪したとされている。ならば、奴と同じように異世界より我らの世界に来訪する者がまた現れてもおかしくはない。私はその者達に協力してパラケルススを倒すために、奴の配下に甘んじていたに過ぎない」

つまり、先程の戦闘はオレ達を倒すためではなく、オレ達がパラケルスス達と対等に渡り合えるかを探るために仕掛けたものだったと？

そう考えれば辻褄《つじつま》が合うことは確かにある。

が、しかし、なぜこいつがそんなことをするんだ？

「理解できんな。お前達にとってパラケルススは、人間を勝利に導いた英雄なのだろう？　事実、この世界の支配者は奴のはず。その奴になぜ、人間であるお前が反旗を翻す」

そう、問題はそこだ。

この世界の人族は、奴のおかげで鬼族を支配し、今の優位な立場を得られているはず。それを自ら壊すような真似を、なぜする必要がある？

そう疑問を感じたオレとガルナザークに対し、マリアンヌは逆に問いかけてくる。

「お前達は、この世界を支配したパラケルススが何をしたか分かるか？」

「え？」

何をした？

思わぬ問いに、オレは一瞬考え込む。

奴は人間達に力を貸し、この世界を支配した。だが、それはパラケルススによる世界の独裁でもある。

このマリアンヌという女性がそのパラケルススに反旗を翻すというのならば、考えられる理由は一つ。

「独裁政治……力による理不尽な支配か？」

奴は、自分にとって邪魔な存在は鬼族でも人間でも関係なく消してしまうという、いわゆる暴君だったのではないだろうか。

オレがいた地球の歴史を紐解《ひもと》いても、支配者が部下や民衆から反旗を翻される理由は大抵そんなものだ。

だが、マリアンヌは意外な答えを口にした。

「……いいや、そうではない。奴は〝何もしなかった〟のだ」

「は？」

何もしなかった？　それは一体どういう意味だ？

戸惑うオレに対し、マリアンヌは告げる。

「普通、世界を支配するのならば、その世界そのものを手に入れることこそが目的のはずだ。そこにいる住民に自分を崇《あが》めさせ、供物なりなんなりを要求し、君臨し続けるものだろう。だが、奴はそうしなかった。奴はこの世界の王国、王政を廃し、そしてそれだけで終わらせたのだ」

「ど、どういう意味だ、それ？」

オレはわけが分からないと混乱するが、一方で事態を理解したらしきガルナザークは苦い顔をしている。

「……なるほど、そういうことか。確かにそれは最悪だ。この国が、いやこの世界が腐り切るのも必然だな」

「は？　それってどういう意味だよ。ガルナザーク」

「いいか、よく考えてみろ。仮に暴君であったとしても、そいつは国の統治者として機能している。国の在り方が歪んでいようが、自身の欲望を満たすために国を動かす。その周囲にいる人間はそのおこぼれに与《あずか》ろうとするだろう。そこには明確に貧富の差が生まれるが、しかし、それでも〝国〟という概念、機構は成り立っている。だが、その国を動かすべきトップが存在しない国があったらどうだ？」

「あっ……」

そこまで聞いて、オレもそれがもたらす結果を理解する。

「そうだ。そこには何も生まれない。あるのはただ無意味な混乱と惰性のみ。成長は一切なく、目的意識すら生まれない空虚な国。いや、国という形の振りをした単なる人間の集まりだ。それがこの国の正体だったのだよ」

ガルナザークの説明で、オレはようやく、この首都を訪れた際に覚えた違和感の正体を理解した。

そうか。この国の人々には〝目的がない〟んだ。

もしも、自分達を支配している王が暴君であったのならば、その圧政から逃れようと人々は団結する。

逆に名君だったなら、国には活力がみなぎり、あらゆる方面で賑わいがあるはず。

だが、もしも国を動かす王や、人々を扇動する何かがなければ、それは生きながら死に続けることに他ならない。

首都にいたみすぼらしい格好の貴族達。まさにあれらがその成れの果てなのだ。

その日その日を生きることを目的としているために、ただ漫然とした日々が過ぎていき、その結果があの街並みということか。

「そうだ。奴は何もしなかった。この五百年という歳月の中で、鬼族を利用するためだけに我ら人族の国を奪い取った。そして、奪い取った国をそのまま放置した。いや、我々が余計なことをしないように、国という概念を奪った。王政を奪い、王を奪い、血筋を奪い、我ら人間を家畜同然の代物に変えた。しかし、人族の多くはそんな奴に逆らえなかった。いや、逆らう必要もなかった。なにせ、自分達はただ鬼族を支配するだけで暮らしていけるのだからな。だが、実際は我らもまたパラケルススに飼われている動物に他ならない。鬼族を奴が必要とする家畜だとするなら、我らはそれを追い立てるための牧場犬といったところか」

マリアンヌは自虐するように笑う。

つまり、こいつが名乗った統治代行者というのは……

「察したようだな。統治代行者というのはまさに名前の通り。パラケルススより与えられる命令を、その地に住む人間に伝える伝言役に過ぎない。その主な内容は鬼族の確保、つまりは鬼狩り。私の他にも、各地に統治代行者は存在する。その見返りとして、奴は我らに金を与えて飼い慣らしているのだよ」

「金……」

「私も詳しくは知らないが、奴は錬金術師、というものらしい。奴自身と『賢者の石』とかいうものの力で、自在になんでも生み出せるそうだ。それこそ無限の金銀財宝でも、食料や資源でもな」

そうか。パラケルススは元々、オレ達のいた世界ファルタールで『賢者の石』を生み出した錬金術師だ。

つまり奴にも、オレが『賢者の石』を『アイテム使用』して得たスキルである『万能錬金術』が使えるのだろう。

そうして生み出した無限の財宝や食料を五百年も与え続けられれば、人々が腐るには十分すぎる。

「分かったか。なぜ、私が奴を討とうとしているのか」

そう告げたマリアンヌの瞳には、パラケルススに対する憎しみ以上の感情が宿っていた。

つまり彼女の目的とは単にパラケルススの支配に対する反逆ではない。

人間としての尊厳を取り戻すための反逆ということか。

「なるほど。概ね理解できた。が、まだ解せぬな。それだけの理由で、この世界の支配者に逆らいたいのか？　このまま奴の庇護下にいれば、尊厳はなくとも貴様ら人間は何不自由なく一生を暮らせるのだろう？」

ガルナザークの問いかけに対し、マリアンヌは首を横に振る。

「……それはできないな。奴が奪ったのは個人の尊厳だけではない。この国そのものなのだから」

この国そのもの？　なぜ、それでパラケルススに憎悪を？

オレがそう考えていると、その答えに真っ先に気づいたガルナザークが告げる。

「なるほど、そういうことか。本来ならばお前こそが、この国を統治していた者の末裔だからか」

「え？」

「…………」

この国を統治していた者の末裔？　それってつまり――

「そうだ。私の名はマリアンヌ・フィア・グラストン。本来ならば、この世界ニジリアナを統治するグラストン王国の女王となっていた者だ」

「グラストン王国の女王……」

それを聞いて合点がいった。

そうか。だから彼女は、今のこの国の在り方に憎しみを持っていたのか。

そしてこうなった原因であるパラケルススを葬りたい。そのために、オレ達を待っていたと。

彼女がパラケルススを討ちたいと願う理由は分かった。

だが、果たしてそれは本当に彼女の本音なのだろうか？　考えすぎかもしれないが、万が一これが、パラケルススが仕掛けた罠だとしたら——

「にゃははは。その点は大丈夫なのだ、ユウキ。先程から私はそいつの心を読んでいたけれど、どれもちゃんと本音だったのだ。パラケルススに対する憎しみも、この国の在り方を憂う気持ちも本物なのだ。こいつは正真正銘、私達のことを待っていたみたいなのだ」

『読心術』を持つリリムが太鼓判を押してくれるのなら、間違いないだろう。こういう時に彼女の存在は本当に有難い。

当のマリアンヌは、今のやり取りがどういうことかと不思議そうな顔をしているが、まあこれについては後々説明すればいいだろう。

「分かった。オレ達としても、この世界で味方になってくれる人がいるなら、一人でも多い方がいい。あなたと協力します。マリアンヌ」

「……感謝する。異世界からの来訪者達」

マリアンヌが頭を下げると、それに付き従うようにギルトも頭を下げた。

「時に、その男はお前の奴隷か？」

「……いや、彼は私の目的に賛同してくれた同志だ」

ガルナザークが問いかけると、マリアンヌが答える。

するとギルトは、首にかけてあった奴隷の証明であるはずの『奴隷鎖』を自ら外した。

驚くオレ達に、ギルトが初めて自らの意志で口を開いた。

「オレは、かつて辺境の地にて王国に反逆した鬼族を率いたリーダーだ。だが、パラケルスス率いる軍によって壊滅させられ、オレはマリアンヌの奴隷となった。しかし、マリアンヌはオレに先程の話を打ち明け、力を貸してほしいと願った。オレはその話に同意し、彼女の力になることを約束した。その日から、この『奴隷鎖』の呪縛は解かれている。オレの他にも、何人かの鬼族の奴隷がマリアンヌの計画に賛同し、この王国の貴族達に従う振りをしている。時が来れば、我らはマリアンヌと共にこの世界を変える」

「なるほど。しかし、意外だな。王国の血を継ぐお前が鬼族と手を結ぶとはな。奴らとはこの世界が出来て以来、不俱戴天《ふぐたいてん》の敵同士ではなかったのか？」

「確かにそうだ。だが、それはパラケルススが現れるまでの話。今、この世界における腐敗の元凶は間違いなく、パラケルススだ。そして、奴を倒すのは人族の力だけでは不可能だ。それに、この世界の人間のほとんどは奴によって飼いならされ、牙を失った。ならば、かつての敵であろうとも鬼族と手を結ぶしかあるまい。それに私は、今の奴隷制度も、奴隷を虐げる人間社会そのものも腐敗の元凶だと考えている。もはやそのような古い仕組みや因縁に縛られている時ではない。全ての決着がついた暁《あかつき》には、私は鬼族を解放し、彼らと共に歩める世界を築きたい。それがこの世界を統《す》べる王国の王としてなすべき、真の所業だ」

ガルナザークにそうハッキリと告げたマリアンヌの目に、欺瞞《ぎまん》は感じられなかった。

リリムが何も言及しなかったことからも、おそらく本心なのだろう。

この世界の在り方をずっと疑問視していたマリアンヌだからこそ、鬼族を縛る奴隷制度や彼らとの関係を、支配者としてのフィルターを通さずに平等な観点から見ることができたに違いない。

しかし、ガルナザークはくだらないとばかりに鼻を鳴らした。

「さて、どうだかな。何百年にもわたって支配者と奴隷に分かれていた二種族が、そう簡単に手を取り合えるとは思えないぞ」

「……確かに難しい道のりだろう。だが、パラケルススを倒すために鬼族達の力は必要不可欠だ。

それにパラケルススを倒せたとして、彼らと私達人族が分かり合えるには、長い年月が必要かもしれない。しかし、今の腐った関係を続けるよりは、遥かに可能性に満ちた未来があると私は信じている」

「ふんっ、どこまでも人間らしいセリフだな。貴様のような甘い夢を見ている奴を見ていると反吐《へど》が出る」

だが、とガルナザークは付け足す。

「その甘い夢をどこまで貫き通せるか興味はある。まあ、せいぜい実現不可能な理想とやらを追い求めるがいい」

そう告げると、ガルナザークはマリアンヌに背を向ける。

オレはそんなガルナザークの態度に見覚えがあった。それは、人間と魔物の共存を目指していたミーナに、その想いが本気かどうか試そうと戦いを挑んだあの時の表情に似ていた。

もしかしたらガルナザークは、マリアンヌの掲げる理想を、自身の娘であるミーナが掲げたものと重ねたのかもしれない。

いずれにせよ、今の会話でガルナザークも納得した様子。

後は、パラケルススの居場所をマリアンヌから聞き出すだけだ。

「それでマリアンヌ。そのパラケルススの居場所はどこでしょうか？」

しかし、オレがそう問いかけた瞬間、マリアンヌは暗い表情を浮かべる。

「それが……奴の居場所は私や他の統治代行者達も知らないんだ……元々、奴は我々のことを信用しておらず、使える道具としてしか認識していない。そのため、奴の居場所を知るのは側近である『三虚兵』だけなんだ……」

「『三虚兵』……」

ガルナザークの城でオレ達に襲いかかってきた、あの連中か。

となると、あいつらを倒して無理やり居場所を吐かせるしかないのか？

しかし、そもそも『三虚兵』だってどこにいるのか不明だし……そうオレが悩み始めたその時であった。

「けれど、ただ一人、パラケルススがいる場所を知っている人物がいる」

「！　誰ですか!?」

「それは、パラケルススが追い求め続けた特別な〝虚ろ〟を宿す子の母親だ」

「特別な〝虚ろ〟？　それってもしかしてファナのことですか!?」

思わず問いかけたオレにマリアンヌが頷く。

「ああ、確かそんな名前だった。パラケルススは、そのファナという子供を手に入れるため、母親ごと自分の居城に連れ去った。しかし、パラケルススが必要としたのは子供の方だけ。故に母親はすぐに荒野に放り捨てられたが、そこを私が拾った」

「ならば、その女に居城の在り処を聞き出せばいいだろう。何を手をこまねいている」

ガルナザークの意見はもっともであった。しかし、マリアンヌは首を横に振る。

「それは彼女の状態を見れば分かる」

「なに？」

訝《いぶか》しむオレ達に、マリアンヌは「ついてこい」と言って、大広間を出ていく。

城の通路を歩き、ある部屋の前まで来ると、彼女は懐から取り出した鍵を使い、扉を開く。

すると、その中では一人の女性が虚ろな表情で椅子に座っていた。

「これは……」

「彼女が、そのファナとやらの母親だ。だが、私が拾った時にはすでに見ての通りの有様だった」

そう言って女性に近づいたマリアンヌが、目の前で何度か手を振ったり、肩を揺らしたり、耳元で指を鳴らしたりするが、外部からの刺激を一切受けつけず、全く反応がない。

その目は光を宿さず死んだようになったままで、僅かに開いた口で呼吸をしている以外に何も活動しようとしなかった。

「心神喪失状態、ということか」

「そういうことだ。これではパラケルススの居場所を聞こうにも不可能だ。奴がこの女を解放したのも、この状態を踏まえてのことだろう」

女性の状態を見て納得したように頷いたガルナザークが、リリムへと声をかける。

「リリム。お前の読心術ならば、この女と心で会話ができないか？」

「あー、一応さっきからやってはいるのだけれども……これはちょっと難しいのだ。なにやら特殊な魔術で心を閉ざされているみたいで、こちらからの呼びかけに全然応えないのだ。向こうが考えていることも、ぼんやりとしか聞こえないのだ」

「ふむ、弱ったな。唯一の希望がこの有様では……ユウキよ、どうする？」

そうしてオレの方を振り向くガルナザーク達であったが……オレは、そんな彼らに答えることができなかった。

「ユウキ？　どうした？」

「？　何をぼーっとしているのだ？　ユウキ」

オレはその女性を前にして、身動きができなくなっていた。

おそらくこの時のオレの表情は、二人が見たことがないほど驚き、そして呆然としていたことだろう。

思考は真っ白で、先程まで考えていた一切が吹き飛び、オレの目にはその光景が信じられないものとして映っていた。

実際、それほどの衝撃を受けるに相応しい、ありえない事実が見つかっていたのだから。

オレには、マリアンヌに紹介されたファナの母親だという女性に見覚えがあった。

この世界の鬼族達と同じく和服を着ており、長い黒髪に、およそ四十代と見られる年齢。

しかし、その頭には鬼族特有の角は生えていなかった。

そう、彼女は紛れもない人間であった。

だが、オレが驚いたのはそこではない。

彼女の顔立ち、雰囲気。ひと目見た瞬間に理解してしまった。

オレはこの女性を知っている。

いや、知っているなんてものじゃない。

彼女はある意味、オレがずっと捜し続けてきた人。

遠い昔、オレを置いてどこかへと消えてしまった特別な女性。

その時のトラウマが原因で、オレは物事をどこか他人事《ひとごと》のように受け止めるようになってしまった。

落雷を受けたかのような目眩を覚えながらも、オレは恐る恐る唇を開き、目の前にいる女性へと言葉を放った。

「……母さん……？」

そう、それは紛れもなく。
幼いオレの前から消えた実の母親——安代未来《みく》であった。

【現在ユウキが取得しているスキル】
『金貨投げ』『鉱物化（龍鱗化）』『魔法吸収』『空間転移』『ドラゴンブレス』『勇者の一撃』
『ホーリーウェポン』『魔王の威圧』『デスタッチ』『武具作製』『薬草作成』『毒物耐性』
『呪い耐性』『空中浮遊』『邪眼』『アイテムボックス』『炎魔法ＬＶ３』『水魔法ＬＶ３』
『風魔法ＬＶ３』『土魔法ＬＶ３』『光魔法ＬＶ10』『闇魔法ＬＶ10』『万能錬金術』『植物生成』
『ミーナの記憶』『隷属契約』

第四使用　母との再会

「母だと？　どういうことだ、ユウキ」

実の母親を前にして呆然とするオレの呟きに、ガルナザークが反応する。

オレは未だにその人物が目の前にいることが信じられず、その一方で、そこにいるのは紛れもなく自分の母だと直感していた。

「……この人は、オレが幼い頃に行方不明になったオレの母親だ。名前は安代未来。オレが生まれた地球という世界の人だ」

「ほお」

オレがそう答えると、ガルナザークを含めこの場にいた全員が驚いた顔を向けてくる。

しかし、オレの驚きは彼らの比ではない。

なぜオレの母親がこの世界にいるんだ？

そんな疑問に答えたのはマリアンヌであった。

「私も詳しいことは知らないが、パラケルススが言っていた。奴が求める完全な〝虚ろ〟を生み出すには特別な鬼族でなければならないと」

「特別な鬼族……？」

「そうだ。奴が言うには、特殊な血と交わった鬼族が必要らしい。しかし、その特殊な血というのは、文字通りこの世界に存在しない民とのこと。そこで奴は、自分がこの世界に来たのと同様の方法で次元の扉を開き、母体となる女性を異世界から呼び寄せたと聞く」

「母体となる、女性……」

「そうだ。それがお前の母親ということだったのだろう」

「…………」

マリアンヌのセリフを聞き、オレは愕然となる。

それじゃあ、オレの母親はオレを捨ててどこかに消えたわけではなかった？

母さんもまた、オレと同じように無理やり異世界に召喚された被害者？

いや、ある意味でその扱いはオレ以上に悲惨なもの。

そして、そこから導き出されるもう一つの答えは――

「それじゃあ、ファナは……オレの、実の妹、なのか……？」

オレの呟きに答える者はいなかった。

しかし、そう考えるのが道理だ。

確かに、オレの母親が失踪してからの年月と、ファナのおおよその年齢は同じくらいのはず。

それにファナがオレに父性を感じたのは、血を分けた実の家族だったから？

そこまで考えた時、オレの頭の中はすでにぐちゃぐちゃだった。

母さんになにがあったのか。

ファナの父親は？

そして、母さんとファナはパラケルススになにをされていたのか？

「なあ、母さん。一体なにがあったんだ、この世界で……？　ファナは母さんの娘なのか？　母さんはオレのことを覚えているのか？　なあ、母さん。答えてくれよ！」

聞きたいことがたくさんあるというのに、目の前にいる母親はオレの問いかけに答えることなく、ただただ沈黙を守っていた。

どうする。どうすればいい？

全ての答えを知っている人が目の前にいる。

しかも、それはオレにとって大事な存在、実の母親だ。

なんとしても母さんの心を取り戻したい。母さんの口から全ての事情を聞きたい。

「なあ、母さん！　頼むよ、答えてくれよ！　オレだよ！　安代優樹だよ！」

焦るオレは必死に肩を揺さぶるが、結局、母さんからの反応は返ってこなかった。

「母さん……」

オレは崩れ落ちるようにその場に膝をつく。

だが、そんなオレの肩を不意にリリムが叩く。

「心配無用なのだ、ユウキ。彼女がお前の母親ならば、彼女を救えるかもしれないのだ」

「リリム？」

どういうことかと戸惑うオレに、リリムは胸を張って答える。

「私のスキルは知っているな、ユウキ」

「あ、ああ。『読心術』だろう？　他人の考え、心を読むっていう……」

「その通りなのだ。しかし、私の『読心術』はそれだけではないのだ。私のスキルを最大限使用した場合、自分や他人が相手の心の中に侵入することができるのだ。それが赤の他人ならば表面的な部分にしか入れないのだが、強い繋がりがある者達……そう、例えば血を分けた者同士であったなら、二人の心を深く繋げることが可能なのだ」

「それって、つまり……！」

「そうなのだ。私の力で、ユウキをこの女性の心の中に送る。それで彼女を目覚めさせることができるのだ」

オレの問いにリリムは満面の笑みで答えた。

母さんの心の中にオレが入る。

確かに、外からの声が届かなくても、内側からなら……！

「分かった。なら、すぐにそうしてくれ！」

オレはリリムに詰め寄るが、しかしガルナザークがそれに待ったをかける。

「待てユウキ。貴様、他人の心の中に入るリスクについて分かっていないようだな？」

「？　どういう意味だ」

「考えてもみろ。今、この女は心を閉ざしている。おそらくはそれほどの衝撃があったか、あるいはパラケルススによる何らかの魔術によるものだろう。そんな不安定な心の中に入れば、下手をすればお前も同じように心神喪失状態となりかねん」

オレまで心神喪失状態に……

確かに、リリムからの提案にすぐさま飛びつこうとしてしまったオレは、ガルナザークが言うような危険性についてなんて考えていなかった。

それに、実の母親とはいえ他人の心の中に入るというのは、想像もできない未体験の行為。

それこそ予測不能な事態にもなりかねない。

けれども――

「……たとえそうだとしても、オレは行く。母さんを助けたいんだ」

もはやパラケルススの居場所を知るため以上に、オレは目の前の母を救いたいという気持ちに突き動かされていた。

ガルナザークはそんなオレを呆れたように見た後、静かに背を向ける。

「そうか。ならば、好きにしろ。仮にお前が戻らなかった場合は、我がパラケルススを捜し出して倒し、この世界を支配する。そのことを忘れるな」

「ああ。その時はファナのことも頼むよ。あいつも一応鬼族だし、お前の庇護下に入れてくれるんだろう?」

「ふんっ、まあ考えておいてやろう」

軽口を叩きながら、オレはリリムと向かい合う。

「それじゃあ、準備はいいのだな?　ユウキ」

「ああ」

オレが頷くと、リリムは座ったままの母さんの手を握り、そしてもう片方の手をオレに差し出す。

その手をとった瞬間、オレは意識が遠くなるのを感じた。

やがて、目の前が真っ暗になり、オレの意識は途切れた。

◇　◇　◇

「どうやら上手くいったようだな」

意識を失って倒れたユウキを見下ろしながら、ガルナザークが呟く。

「二人はどのくらいで戻ってこれる？」

問いかけるマリアンヌに、リリムは唸り声を上げる。

「うーん、どうだろうかなぁ。精神世界と現実世界の時間の流れは違うからなー。上手くいけば数時間……でも、下手したら数日、数年かかるかもしれないのだ」

それこそ最悪二人は目覚めない可能性もあるとリリムが付け足すと、マリアンヌの表情は曇る。

「ふんっ、この程度で戻らなければ奴もそれまでの男よ。それよりも我らは我らで、パラケルススの所在を掴む方法を探った方がよかろう」

「そうだな。それに一応、他に奴の居所を知る者はいないわけではない」

「そういえばそう言っていたな。『三虚兵』とは一体何者だ？」

問いかけるガルナザークに、マリアンヌはどこか恐怖を見せながら答える。

「奴らは……パラケルススの側近にして、奴が持つ〝虚ろ〟の力を与えられた戦士達だ。その目的はパラケルススの悲願成就を手助けすること。それ以外に奴らの存在価値はない」

「要はその『三虚兵』もパラケルススの道具というわけか」

「そうなる。だが、連中の力は我々や鬼族とは格が違う。なにせ、あのパラケルススが生み出した〝虚ろ〟の力だ、鬼族が宿す自然発生したものとは比べ物にならない。そもそも『三虚兵』は与えられた〝虚ろ〟を完全に制御し、使いこなしている。それだけでも奴らの力がどれだけ異常か分かるはずだ」

制御された〝虚ろ〟。

マリアンヌに言われるまでもなく、誰よりもガルナザークがその恐ろしさを知っている。

かつて、彼はパラケルススが持つ〝虚ろ〟の前に敗北を喫したのだ。

つまり『三虚兵』とは、あの時、ガルナザークが後れを取ったパラケルスス並の実力者ということ。しかも、それが三人。

それはガルナザークやリリムにとって、あまりに絶望的すぎる情報であったはずだが……

「ふんっ、下らん。今更〝虚ろ〟の力に怯える我々ではない。仮に奴らがここへ現れたとしても、我が返り討ちにして、そのままパラケルススの居所を吐かせてやろう」

「にゃははー、そういうことなのだ」

不敵な笑みを浮かべてあっさりと告げる二人に、マリアンヌは一瞬、言葉を失う。

だが、そんな二人の自信にマリアンヌもまた、不思議と背中を押されるような気がした。

「そうか。では、期待させてもらうぞ、異世界からの来訪者達よ」

そうしてマリアンヌが改めて、二人に頭を下げようとした、その瞬間——


ドゴオオオオオオオオオオオオオッ！！


「うわっ！」

「くっ、なんだっ⁉」

爆音と衝撃が城中に走り、何事かと戸惑うリリムとガルナザーク。

「今のはまさか⁉」

だが、マリアンヌだけはそれが何を意味しているのかを察したようで、慌てて部屋を飛び出す。

「おい、待て！」

ガルナザークとリリムもその後を追う。

そうして一行が向かった先は、先程の玉座の間であった。

そこはまるで落雷を受けたかのように天井が崩れており、ギルトが血だらけの体で地面に倒れ伏していた。

そして、そんなギルトを見下ろすように、一人の男が玉座に座っていた。

「貴様……！」

「ああん？　ようやくお出迎えか、マリアンヌ。まったく、統治代行者としての自覚に欠けるなぁ、お前は」

金の髪を持ち、背中に楽器を携えたその男に、ガルナザークとリリムは見覚えがあった。

「貴様はあの時の『三虚兵』とやらの一人か」

「あーん？　誰だ、てめえら？」

ガルナザークの声に、思わずそちらを見るボイド。

それから二人を目にした瞬間、わざとらしく大仰な声を上げる。

「はは、誰かと思ったらあの時の小蝿《こばえ》共かよ。なんだよ、オレらが開けた穴を通ってここまで追ってきたのか？　わざわざご苦労なことだなぁ。けど、残念だったな。お前ら程度じゃパラケルスス様はおろかこのオレ様にも勝てないぜ」

「黙れ、小虫が。あの時は貴様らの奇襲に後れを取ったが、あれが我の全力だとでも思っているのか？　たった一人でここへ乗り込んだこと、後悔させてやろう」

ボイドの挑発に戦闘態勢を取るガルナザークとリリム。

だが、そんな二人を無視するように、ボイドはその隣にいるマリアンヌに目をやる。

「まあ、待てよ。オレは別にお前らとやり合いに来たわけじゃねえ。オレの目的は〝虚ろ〟を宿した鬼族の回収でな。マリアンヌ、今月の鬼狩りで得た贄は当然揃ってるんだろうなぁ？　さっさとそいつらをオレ様に渡しな」

しかし、そんなボイドの要求をマリアンヌは真っ向から拒否する。

「断る。もうお前達の言いなりになるつもりはない。ましてや人族の……いや、このグラストン王国王族の血すら売り渡したお前にはな」

「なにぃ……？」

そのひと言に、ボイドはそれまで浮かべていた笑みを消し、明らかに不快げな表情を見せた。

「どういうことだ、小娘」

ガルナザークの問いかけに、マリアンヌは憎しみを込めた目をボイドに向けながら忌々しげに告げる。

「奴の名はボイド・フィア・グラストン。私と同じくグラストン王国王族の血を引く正統なる王位継承者であり、私の……兄だ。だがパラケルススに心酔した奴は、自ら魂を売り渡すことで〝虚ろ〟の力を手にし、その配下になった。奴は我らグラストン王国の裏切り者だ！」

しかし、当のボイドはそんなマリアンヌの言葉を一笑に付した。

「はっ、くだらねぇ。なにがグラストン王国だぁ？　パラケルスス様こそがこの世界の支配者に相応しい、全知全能にして万物の支配者、いや神をも超える存在だぞ！　あの人に傅《かしず》くことと古臭い王国の血筋なんぞにこだわることのどちらが有益かなんて、猿でも分かるだろう？　事実、オレは手にしたぜ。あのお方が生み出したこの力――神をも凌駕する〝虚ろ〟の力をな」

直後、ボイドの体から灰色のオーラが立ち上《のぼ》り、一瞬にして広間を覆い尽くす。

それに触れただけでマリアンヌはその場で膝を折り、わけも分からず震えが止まらなくなり、声すら発せられなくなった。

リリムもまた同様であり、突然自分の体が萎縮し、震えていることに気づく。

彼女がこれまでにどんな相手と対峙しても起こらなかった、不可思議な現象だった。

だが、ガルナザークだけはその感覚がなんであるか知っていた。

そう、それは『恐怖』。

上っ面の恐怖などではなく、あらゆる生物が持つ〝本能としての恐怖〟。

生き物である以上、そうなるのが当然であるかのように。

ボイドが手にしたその力を前にして、彼らは本能で恐怖していた。

「どうよ、このオレ様が手にした〝虚ろ〟は。もうじき世界はパラケルスス様の手により新たなる次元へと昇華される。国だの人だの、くだらない枠組みに囚われているお前らとオレ様達とじゃ、そもそも立っている土台が違うんだよ」

震えるマリアンヌ達を高みから見下ろしながら優越感に浸るボイド。

しかし、

「戯言《ざれごと》はそれで終わりか。小僧」

ガルナザークだけは、ボイドから放たれるオーラを受けてなお怯むことなく、逆にボイドのオーラを呑み込むように自身の力を解放する。

その魔王の威圧を前に、ボイドは冷や汗が流れたのを感じた。

「先程から偉そうに何をほざくかと思えば、所詮貴様は奴に力を与えられただけの自惚《うぬぼ》れ屋《や》であろう。自分の血筋すら売り渡し、道具に堕ちたクズがよくも吠《ほ》えたものだ」

「なんだと……てめえっ！」

そうして自らの挑発に激昂《げっこう》するボイドを見下すように、ガルナザークは静かに構える。

「さっさとかかってこい。我にとっても貴様など、ただの通過点に過ぎん。奴を倒す前の肩慣らしとして相手をしてやろう」

「――は、ははははははっ！　上等じゃねえか、クズ野郎。パラケルスス様の手を煩わせるまでもねえ。てめえら異分子は、ここでこのオレが全員抹消してやるよぉ！」

ボイドは玉座から立ち上がると、背負っていた楽器を手に取り、派手にかき鳴らす。

リリムは倒れたままのマリアンヌとギルトを広間から逃すと、ガルナザークの隣へと並ぶ。

「にゃははは、ユウキが戻るまで私達でこいつを食い止めようなのだ。お父様」

「ふんっ、何を言っている。リリム。食い止めるのではない。倒すぞ、あの小物を」

不敵に笑うガルナザークと、頷くリリム。

それを見たボイドは、更に激しく楽器をかき鳴らした。

◇　◇　◇

「……ここは？」

目が覚めた時、オレは砂塵舞う荒野に立っていた。

異世界ニジリアナに来た時に最初にいた所と似ているが、どこか違う。

そんな中、砂塵の向こう側から人影が現れる。

「あれは……母さん⁉」

それはボロボロの姿をした母さんであった。

その見た目は先程オレが目にしたものよりも幾分若く、オレが幼い頃に最後に見た母さんの姿と一致していた。

「母さん、母さん！」

オレは慌てて傍に駆け寄り、倒れ掛かった母さんを受け止めようとするが……その体はオレをすり抜け、地面に倒れる。

「なっ⁉　母さん！」

倒れた母さんを抱きかかえようとオレは何度も手を伸ばすが、ことごとく母さんの体をすり抜けてしまう。

「これは一体……？」

よく見ると、オレの全身は半分透けて見える。

この光景はひょっとして、母さんの記憶？

母さんの心の中に入ったことで、オレは母さんがこの世界に飛ばされた時の記憶を見ているのか？

そんなことを思っていると、倒れた母さんのもとへ近づく何人かの人影が見えた。

「あれは……」

その人影は皆、頭に角を生やした者達であった。

「……ん、ううん……」

「おや、気がつきましたか？」

気づくと、今度はどこかの家の中へと場面が変化していた。

そこには質素な布団で眠る母さんの姿と、それを看病する鬼族の青年の姿があった。

「……あなたは？」

「私はこの集落に住む鬼族の一人です。たまたまあなたが集落の近くで倒れているのを見かけて、お救いしただけです」

「救った……どうして、私を……？」

「どうしてって……それは人族のようですし、あなたを助けるのは奴隷の鬼族として当然ですから」

問いかける母さんに、鬼族の青年は一瞬驚いた後にそう答える。

しかし、一方の母さんは呆然とした様子で青年の頭に生えた角を見ていた。

「奴隷……鬼族……それって、なんですか？」

「え？」

思わぬ返事にまたも驚いた様子を見せる青年。

やがて、目の前の女性が普通ではないと気づいたのか、恐る恐る問いかける。

「あの……もしかして、あなたはこの世界の人間ではないのですか……？」

「…………」

青年に問われ、天井を見上げる母さん。

ややあって、その口からは驚くべき内容が語られた。

「……分からない。私、自分が誰なのか、なんなのか、どこから来たのか……気づいたら、さっきの荒野を歩いていた。それ以前の記憶が何もないの……」

「えっ⁉」

「なっ⁉」

母さんの答えに、青年だけでなく、すぐ傍で成り行きを見ていたオレも思わず息を呑む。

記憶がない？

これはおそらく、母さんは異世界に飛ばされた衝撃で地球の記憶を失ったということだ。

となると、ここにいるのはオレの知っている母さんとは別人とも言えるかもしれない。

今の彼女にはオレの母親である記憶はない。

ならば、オレを見て母さんが心や記憶を取り戻すことは可能なのか？

思わぬ事態に焦ってブツブツとそんなことを口にしてしまうオレだったが、無論この二人には聞こえておらず、その間にも色々な言葉が交わされていた。

「なるほど。事情は分かりました。それでは、よければこの集落で暮らしませんか？」

「え？」

突然の提案に驚く母さん。

しかし、青年は真剣な様子のまま告げる。

「おそらくですが、あなたは異世界からの来訪者だと思われます。記憶はこの世界に来る際に失ったのでしょう。となると、あなたにはこの世界での居場所はないということになります。見ず知らずの女性をそのまま見捨てることは、私にはできません。あなたさえよければ、記憶が戻るまでここで暮らしてはどうでしょうか？」

「…………」

母さんは迷う素振りを見せる。

しかし、青年の言う通り、この世界において母さんの居場所はない。

ならば、青年の提案に頷くのが唯一の生き残る手段。

母さんは決心に満ちた表情を見せると、深々と頭を下げる。

「分かりました。どうか、よろしくお願いいたします。私にできることがありましたら、なんなりとお申し付けください」

「い、いえ、そんな頭を上げてください。私達はあなたに頭を下げられるような存在ではありません。どうか、共に助け合う形で暮らしていきましょう」

そう言って母さんに手を差し伸べる青年。

そんな青年の笑顔に、母さんもまた笑みを浮かべ、その手を取った。

すると再び、オレの目に映る光景が移り変わる。

世界全体に一瞬のノイズが走ったかと思うと、そこには先程と同じ小さな家の中で赤ん坊を抱く母さんの姿があった。

傍には先程の鬼族の青年がおり、二人は笑顔で母さんの腕の中で眠る赤子の姿を見ていた。

「……母さん」

オレはその光景を見て複雑な気持ちを抱いた。

記憶を失った母さんは見知らぬ地で、見知らぬ男性に救われ、そこで共に暮らすこととなった。

普通に考えれば、そんな二人が結ばれるのも当然だ。

母さんにはこの世界を訪れる前の記憶がない。

自分に旦那がいて、子供がいて、家族がいたなんて分かるはずがない。

だから、こうして新しい家族を築いたとしても、それは当然のこと。むしろこの世界で自分が生き抜くため、幸せになるために必要な選択であり、何も間違ってはいない。誰かに責められる理由はない。

オレ自身、幸せそうな母さんの姿と、その腕に抱かれて眠る赤子――ファナの姿を見て、慈《いつく》しみを感じなかったと言えば嘘になる。

けれども、その光景を見た瞬間、オレの中にいる母親に置き去りにされた子供の頃のオレが、どこか羨ましそうにしていたのを感じた。

そうして、再び場面は転換する。

だが、今度オレの前に現れたのは、先程の幸福をねじ伏せる暴力。火と刃と殺戮《さつりく》に満ちた悲惨な記憶であった。

「ぐああああああああああああッ！」

「あなたー！！」

母さんの叫び声が聞こえる。

その目の前で、自らの夫である鬼族の青年が血を流し、大地に倒れ伏す。

周りでは紅蓮《ぐれん》の業火《ごうか》が立ち上り、母さん達が暮らしていた鬼族の集落を燃やしている。

その中には、生きながら炎に焼かれる鬼族達の姿があった。

怯える母さんの腕の中でまだ幼いファナも震えており、そんな母娘の前に、一人の男が炎の中から姿を現す。

「ほお、どうやら上手く子を成したようだな」

それは、銀色の髪を持つ人間離れした美しさを持つ男。

右手に赤く輝く『賢者の石』を持つ魔術師。

「パラケルスス……」

オレは男の名を呟くが、オレの声は奴の耳に届かない。

当然だ。これはかつて母さんが受けた仕打ち、その記憶であるのだから。

怒りに燃えるオレとは正反対の、氷のように冷えた表情のパラケルススが指を鳴らすと、母さんとファナの体が光に包まれる。

次の瞬間、二人の姿は、薄暗い部屋の中にあった。

突然周りの景色が変わったことに驚く母さんであったが、その眼前にパラケルススもまた移動してきている。

「さて、その娘を渡してもらおう」

「ッ、い、いやです！　娘は絶対に渡しません！」

断固として娘を守るべく、ファナを抱きしめる母さん。

しかし、そんな母さんをパラケルススはどこまでも冷たい表情で見下す。

「あまり私の手を煩わせないことだ。元々お前の役目はその娘を生み出すこと。それ以上の役割など与えた覚えはない」

「え……？」

突然告げられた意味不明な言葉に、母さんは息を呑む。

どういうことかと戸惑う母さんに対し、パラケルススは真実を語る。

「数年前、お前をこの世界に召喚したのは私だ。その目的は、異世界人たるお前と鬼族との間に子を成させること。長年〝虚ろ〟の研究をし続け、私が求める〝虚ろ〟を宿す鬼族を誕生させるには、異なる世界の住人の血が必要だと分かったからだ。そのために選ばれたのが、お前とあの男だ。つまり、その子供を生み出すよう画策したのは私であり、言い換えるなら私こそがその娘の〝創造主〟だ。単なる母体に過ぎないお前にもう用はない。さっさとその娘を私に献上しろ」

「……ッ！」

それはまるで己こそが天上の神のような物言い。

人が子を成すことすら自分の手のひらの上の出来事であると断ずるその物言いは、もはや傲慢を通り越して狂気の域だ。

そんなことのために、オレは自分の母親を失った……

「ふざけるな！」

「ふざけないで！」

母さんだけでなく、オレもまた怒りに囚われ、二人で同じセリフを投げつける。

しかし、そんなオレと母さんの怒りを無視して、パラケルススは己の指先を母さんの額へと当てた。

「二度言わせるな。母体であるお前の役割は終わった。さあ、その娘を渡せ」

パラケルススがそう告げた瞬間、指先から光が放たれる。

母さんの頭を撃ち抜いた光だが、しかし外傷を与えることはなく、その内側のみを貫いていた。

「……はい」

虚ろな瞳となった母さんは、パラケルススの命令に応じて娘を自ら差し出した。

「!? ママ！　なんで!?　どうして!?　やだよ、ママ！　助けて、助けてよー！」

先程まで必死に自分を庇っていたはずの母親が、自らを差し出した。その事実にファナは泣きじゃくり、ひたすらに助けを求める。

しかし、母さんがそれに応えることはなかった。

母さんがただ呆然とした表情のまま虚空を見つめる中、ファナはパラケルススの配下により暗闇の奥へと連れて行かれる。

そして一人残された母さんを見下ろしながら、パラケルススが背後に控えていた何者かに告げる。

「メルクリウス。この女を始末しておけ。私はこれより先程の娘を使い〝虚ろ〟の完成形を仕上げる」

「……はっ」

メルクリウスと呼ばれたフードの男が命令に従って母さんへと近づき、それと入れ違いにパラケルススはファナが消えた暗闇の向こうへと消えた。

「………………」

虚ろな表情のまま動かなくなった母さんに、メルクリウスが手のひらを向ける。

オレは母さんを庇おうと、咄嗟にその前に飛び出す。

無論、これは記憶の中の出来事であり、そんなオレの姿がメルクリウスに見えているはずはない。

こんなことをしても、これから母さんに訪れる未来に変化はない。

そう分かっていたとしても、オレは動かずにいられなかった。

「……親子、か」

だが、なぜかメルクリウスは母さんに向けていた手を下ろすと、それからどこか感慨深そうに呟いた。

やがて、奴が指を鳴らすと、母さんの足元に不思議な模様の魔法陣が浮かび上がる。

「お前の始末を任されたが、具体的にどうしろとは指示されていなかった。ここで殺すのも、この城の外に放り捨てるのも、結局は同じこと。仮に運良く生き残れたとして、奴に壊されたお前の心が元に戻ることはない」

しかし、とメルクリウスは続ける。

「……もしも、お前の血を分けた者が現れれば、お前の心を救済できるかもしれぬな」

「！」

そう言ってメルクリウスは、フードの下から僅かに顔を覗かせ、いるはずのないオレと目を合わせたような気がした。

こいつ、まさかオレが見えている？

いや、そんなはずはない。本来この時間軸にいないオレを、こいつが見ることなんてできないはず。

にもかかわらず、なぜかどうしても、メルクリウスはオレに向けて今のセリフと視線を投げかけたような気がしてならなかった。

そうして魔法陣が光輝くと、母さんの姿は消え、オレの意識もまたこの場より消失する。


次に目が覚めた時、そこは荒野の真ん中。

上を見れば、遥か天上に浮かぶ巨大な岩山があった。

「あれは……」

岩山の頂上には一つの城が立っていた。

まさか、あれがパラケルススがいる居城？　奴がいる城は地上ではなく、上空にあったのか!?

驚くオレをよそに、天空の城を包み隠すほどの砂嵐が一帯を覆う。

ハリケーンのように激しいその嵐に呑み込まれ、母さんの体は遥か遠くへと吹き飛ばされた。

母さんが再び意識を取り戻した時、その体は砂丘の上に転がっていた。

そして、そんな母さんを取り囲む複数の人影があった。

「どうだ？　意識はあるか？」

「はい。命に別状はありません。しかし、この者は心を壊されているようです」

見ると、それはマリアンヌとギルトであった。

他にもマリアンヌに付き従う鬼族の姿があり、彼らは母さんを介抱していた。

「……そうか。だが、この女はあのパラケルススが自らの手で捜し出した人物だ。しかも、おそらくはその居城にまで連れて行かれ、生きて帰った唯一の人物。たとえ心が壊れていても、この者を死なせるでない」

「はっ」

マリアンヌの命令を受けると、そのまま母さんを連れて移動を開始する鬼族達。

オレはそんな彼らの姿を離れた場所から眺めていた。

これが、母さんがこの世界に飛ばされてから過ごした日々の記憶。

オレの前から突然消えてしまった理由の真実。

それらを知った時、オレは言いようのない感情に苛《さいな》まれた。

オレが異世界ファルタールに転移する前から、母さんもそれとは別の異世界に転移……それも無理やりという形で召喚されていたんだ。

もしかしたら、オレが転移してきたのも、単にファルタールの王様に召喚されたという理由だけでなく、母親のことが関係していたのではないのか？

そもそもファルタールの転移術式を作り上げたのは、イストの父であるパラケルスス。

そして、オレの母さんを転移させたのもパラケルスス。

これが偶然だとはとても思えない。

オレが転移した本当の理由。宿命とも呼べるそれはこの世界に、パラケルススにあったのではないのか？

そんなことを考えている内に、目の前の光景が再び変化する。

そこには、小さな家の中で料理をしている母さんの姿があった。

すぐ傍では、生まれてまだ間もないファナがヨチヨチ歩きをしており、それをファナの父親、鬼族の青年が隣で見守っていた。

そんな自分の娘と夫の姿を見ながら、母さんは優しく微笑む。

何の不安もない幸せな家族の姿だ。

おそらくここが、今の母さんの魂の中核――閉ざされた心の内側に広がった、母さんの意識の世界なんだろう。

「あーうー、あー」

「ふふっ、あらあらファナったら。どうしたの？　もしかしてお母さんが恋しいのかな？」

「あーうー！」

足元で自分を呼ぶファナを、母さんは優しく抱き上げる。

子守唄《こもりうた》を歌いながら、自分はすぐ傍にいるよ、離れないよと囁《ささや》いて笑顔を向ける。

そんな母さんの声を聞いたファナもまた、楽しげな声を上げる。

「……母さん」

何不自由ない幸せな世界。

もしも、ここが母さんが望んだ精神世界だというのなら。

母さんを目覚めさせるのは酷《こく》なことではないのだろうか？

今更、失った記憶を蘇《よみがえ》らせ、現実を知らせてどうするんだ。

あなたは本当は地球と呼ばれる世界に暮らしていて、そこでは別の夫がいて子供もいた。その子供ももうすでに大人になっている。

そして、今あなたが大事にしているファナはパラケルススにさらわれ、そこにいるファナの父もとうに殺されている。

そんな真実を突きつけて、果たして母さんは幸せになれるのか。

無邪気に笑う母さんとファナの姿を見ながら、オレは胸が締め付けられる想いを味わう。

だが、たとえここで母さんに恨まれることになろうとも、オレは母さんに伝えなければいけないことがある。

「なあ……母さん。もう目覚めようよ。ここには何もないんだ。母さんだって、本当は分かっているんだろう？」

オレは母さんに近づく。

先程までの母さんの記憶の中とは違う。

オレの声は確かに、目の前の母さんに届いている。オレはそう直観しているのだが、なぜか母さんはオレと目を合わせようとしない。

「うー……うぅぅー……」

「あらあら、どうしたの？　ファナ？　もしかしてオネムなの？」

母さんはオレの存在を無視するようにファナをあやしながら、すぐ隣を通り過ぎる。

分かっている。

母さんはオレを意識している。意識していながら、わざと気づかない振りをしている。理由は無論、言うまでもない。

「……ここが現実でないことは分かっているだろう。母さん」

「…………」

オレが告げた言葉に母さんは答えない。

ファナを抱いたまま、近くの椅子に座って子守唄を歌う。

「母さんが目覚めたくない気持ちは分かるよ。オレのことも分からないんだろう……そりゃそうだよな。仮に母さんの記憶が戻ったとしても、母さんが知ってるオレの姿はうんと小さい頃のものだ。こんな姿のオレが息子なんて受け入れられないよな……」

オレの独白を聞いているのかいないのか、母さんは目を閉じたまま、腕の中のファナを撫で続ける。

「…………」

どうすればいい。

何を言えば伝わるんだ。

母さんを目覚めさせるために、この世界から連れ出すためにオレが言うべきこと、告げるべきこと。

母さんに再び会えた喜び。感謝の気持ち。目覚めてほしいという願い。

そこまで考えた時、オレは気づいた。

「……違う」

そうじゃない。

オレが母さんに本当に伝えたい気持ち。

それは再会の喜びでも、感謝の気持ちでも、目覚めてほしいという願いでもない。

オレがずっと伝えたかった母親に伝えたかった言葉。それは――

「……母さんがずっと嫌いだったよ」

ボソリとオレは呟いた。

自分の本心。

隠していた気持ち。

これまでずっと抑えつけていた幼少期の記憶、その想いを。

「母さんはすぐに帰ると言った。なのに結局帰ってこなかった。それでオレがどんな気持ちになったか、母さんに分かるかい？」

それはオレの勝手な気持ちに過ぎない。

母さんが消えたのは母さんの意思ではない。

ただ巻き込まれただけ。それも連れてこられた先の異世界で、オレ以上に悲惨な目に遭っていた。

そうだと分かっていても、気持ちは納得できない。溢れてくる。あの時のオレの想いが、寂しさが、悲しみが。

「同級生達にもよくからかわれたよ。そのおかげで、オレは物事に対していつもどこか客観的になった。これはある意味ではいいことかもしれない。けれど、それでもやっぱりオレは……寂しかった」

ずっと隠していた本心が、凍らせていたはずのオレの気持ちがドンドンと溢れていく。

不意に、オレの瞳から涙がこぼれた。

「オレは母さんのことが嫌いだった！　どうして勝手にいなくなったんだ！」

涙をこぼしながら必死に叫ぶ。

そして、ずっと俯《うつむ》いていた母さんの肩が震えているのに気づいた。

「この世界で新しい家族を得て、それでもうオレの存在は母さんの中から消えたのか!?　勝手すぎるよ！　母さん！」

「……っ」

まるで十代の子供のように、オレは真っ直ぐに叫ぶ。

心の縁からこぼれる感情をそのまま声にして。

「大嫌いだ……大嫌いだ、母さん……だけど、やっぱり母さんのこと、忘れられない……大好きなんだよ……」

たとえ、どんなに憎んでいても、悲しい想いを与えられた相手だとしても、やはりオレにとって母さんは母さん。

大好きな人に変わりはない。

「オレだって母さんの子だ！　それを母さんに認めてほしい！　戻ってきてくれよ、母さん！」

それが、オレが本当に伝えたかった言葉。

長い年月、離ればなれになっていた母への想いを、オレは告げた。

その言葉を聞いた瞬間、母さんの目が初めてオレを見た。

「……優樹、なの？」

ポツリとオレの名を呟く。

「……うん、そうだよ。母さん……」

そして、オレもまた静かに頷く。

「あっ……あ、ああっ……！」

頷くオレを見て、母さんはポロポロと涙を流す。

見ると、先程まで存在した小さな家はない。

ファナの姿も、夫の姿もなく、ただ真っ白な空間。

オレは、あの時帰ってくる母さんへ送るはずだった言葉を告げた。

「おかえりなさい、母さん」

そうして差し出した手を母さんが取った瞬間、オレの意識は目覚めた。

◇　◇　◇

「……ん、んんっ……」

うめき声と共にオレは目を開ける。

すると、そこには涙を浮かべてオレの顔を見る母さんの姿があった。

「優樹……」

「……母さん」

涙を流しながらも微笑む母さんの顔を見て、オレもまた笑む。

「記憶、思い出してくれたんだね」

「……ええ」

オレの問いに静かに頷く母さん。

それを聞いて安心するオレであったが、

ドゴオオオオオオオオオオオオオオオッ！！

「ッ⁉」

刹那《せつな》。城を揺らすほどの轟音が聞こえてきた。

しかも、それは一度だけでなく二度三度と立て続けに起こり、その度に城が揺れ、天井からパラパラと埃《ほこり》が舞い落ちる。

「これは……」

見れば、先程までこの部屋にいたガルナザークやマリアンヌ達の姿が消えている。

となると、この衝撃音の正体は敵襲か。

それもおそらくはガルナザーク達ですら手を焼くほどの相手。おそらくパラケルススの側近、あの『三虚兵』と呼ばれる連中か？

そこまで考えたところでオレは立ち上がり、不安そうな表情を浮かべている母さんに告げた。

「母さんはここに隠れていてくれ。オレは今から行かなきゃならない」

「……優樹」

オレの宣言に、不安そうに両手を握り締める母さん。

オレはそんな母さんを安心させるように、その両手を優しく包み込む。

するとオレの手のひらから何かを感じ取ったのか、母さんは静かに目を瞑《つむ》った後、納得したように頷く。

「分かったわ。けれど、無理はしないでね」

「勿論だよ。母さんと話したいこと、まだたくさんあるから」

そう告げると、オレは玉座の間へ向かって駆け出した。

「ガルナザーク！　リリム！　無事か!?」

急ぎ玉座の間へと向かったオレは勢いのまま扉を開け、足を踏み入れる。

すると、先程まで整然としていたのが嘘のように崩れ落ちた部屋の中で、傷だらけのガルナザークとリリムが一人の男と対峙していた。

「ふんっ、ようやく起きたか」

「にゃははー、ユウキ。おはようなのだー」

「お前ら……無事なのか？」

「ほざけ。この程度の傷、かすり傷だ」

「にゃははー！　その通りなのだー！」

問いかけたオレに、二人は顔が血まみれにもかかわらず不敵な笑みで頷く。

そんな二人と対峙していた金髪の男――手にした楽器をかき鳴らす『三虚兵』の一人、確かボイドと呼ばれていた男も、新たに現れたオレへと視線を向ける。

「はぁん、なんだぁ？　まだ雑魚《ざこ》が隠れていたのかぁ？　ははは！　まあ、何人かかってきても同じことよ。このオレ様のギグの前じゃ、お前ら全員ただの観客に過ぎねーぜ！」

「よく言うぜ。そんな下手な音楽じゃ、観客は全然ノレねえぜ？」

ボイドの挑発に対し、オレは皮肉を返す。

するとそれがカンに障ったのか、奴は更に激しい旋律をかき鳴らす。それと同時に、ボイドを中心として周囲に音の衝撃波が走る。

「ぐっ!?」

目に見えぬ衝撃波に吹き飛ばされるオレ達。

なるほど。これが奴の武器か。ガルナザークとリリムが苦戦するのも道理だ。

奴はただ楽器をかき鳴らすだけで、周囲の全てを吹き飛ばす。となれば、奴を仕留めるには遠距離攻撃！

そう判断したオレは即座に、自分の周囲に聖剣を創造するが――

「おっと、悪いがその手はオレには効かねぇぜ」

ニヤリと奴が微笑むと、再び音の衝撃波が走る。だが、それは先程オレ達を吹き飛ばしたようなものではなかった。

代わりに、えも言われぬ悪寒が全身を駆け巡る。

今のは一体？　とオレが疑問に思った瞬間。

「ッ！　避けろ！　ユウキ！」

「え？」

ガルナザークがそう叫ぶやいなや、奴の拳がオレの顔面目掛け放たれる。

「なっ⁉」

オレは咄嗟に背後に跳んでそれを回避するが、それに先回りして何者かがオレの背後を取る。

「にゃ、にゃははーー！　ユウキー！　ごめんなのだーー！」

「え⁉　り、リリム⁉」

見るとそれはリリムであり、彼女はなぜかオレに謝罪をしながら回し蹴りを放つ。

以前にもリリムの蹴りをまともに受けたことがあったが、その時に比べると今回の彼女の蹴りは遥かに威力が抑えられていた。

しかし、なぜかガルナザークとリリムの二人はオレから間合いを取り、様子を窺っている。

これは一体どういうことだ？　戸惑うオレに対し、楽器をかき鳴らすボイドが愉快そうに笑う。

「ははは、どうよ。これがオレ様がパラケルスス様より与えられた〝虚ろ〟の力よ」

「なに？」

どういうことかとボイドの方を向くと、そこに答えがあった。

歪な笑みを浮かべるボイドの口の中に見える、真っ黒な何か。それこそが奴の持つ〝虚ろ〟の姿であった。

「!?　それはまさか!?」

「その通りだ。オレの〝虚ろ〟は喉元に存在する。そして、この〝虚ろ〟の力を通して響かせるオレの音は、対象者の魂そのものを揺さぶる。さっきまではただの衝撃波に過ぎなかったが、今オレが響かせているのは魂を操る音だ。つまり、そこにいる二人はこのオレ様のギグに酔いしれる観客、マリオネットってわけだ」

ベロリと長い舌先を出しながら、喉元の〝虚ろ〟を見せびらかすボイド。

そういうことか。だから、二人はオレに攻撃を……

「そういうことだ。その二人を倒さない以上、お前はもうオレに攻撃できないぜ。もっともてめえに仲間をやれる覚悟があれば、だがな。はははははははっ！」

こいつ、わざとオレだけ効果から外したのは、オレの意思で仲間を攻撃しろという演出のためか。

宿した能力のみならず、こいつの性根そのものがまさにどす黒い闇の塊だ。

これは厄介だ。こうなってしまうと、遠距離攻撃を狙おうにも操られた二人がその邪魔をしてくる。かといって二人を傷つけるわけにもいかない。どうすれば……

オレが頭を悩ませている中、そんな隙は与えないとばかりにボイドが再び演奏を始め、その音に合わせて二人が攻撃を仕掛けてくる。

「くっ！　ユウキ、構わん。我らごとやれ！」

「なっ⁉　ガルナザーク、お前何を……⁉」

「このままではどの道、共倒れだ！　殺さないまでも戦闘不能に追い込め！」

「にゃははー、その通りなのだ。頭ではなんとかしようとしていても、体の支配権が完全に奪われてしまっているのだー。ユウキ、遠慮せず私達をボコボコにしてくれなのだー！」

オレに攻撃を加えながら必死にそう叫ぶ二人。

確かに、このままでは共倒れだ。ならばいっそ、二人を傷つけてでもボイドに一矢《いっし》を報いる、そうすることがベターか。

そう考えた直後、オレは二人に対して静かに頷く。

「……分かった。ちょっとばっかり無茶するが、恨むなよ」

「ふん、今更だな。我とお前が刃を交えることなど珍しくもあるまい。遠慮せず、かかってこい」

オレの意志をガルナザークも汲み取ったのか、清々《すがすが》しい笑みを見せる。

それを見て、オレは迷いを打ち払った。

「ははははは！　いいねぇ、いいねぇ！　仲間をやるってか！　いいじゃねぇか！　最高のオーディエンスだぜ！　仲間だなんだとほざきながらも、結局はてめえ自身が一番大事ってことだなぁ！　せいぜい最高のショーを踊ってみせてくれよぉ！」

オレ達のやり取りを見ていたボイドが笑い声を上げる。

だが、奴は勘違いしている。確かにオレは腹をくくったが、それは奴が考えているようなことではない。

「スキル！　『隷属契約』！」

瞬間、オレの手から放たれたスキルが眩い光を放つ。

「くっ!?　なんだ、この光は……!?」

その光に目を閉じるボイド。そして、次に目を開いた瞬間、奴は目の前に広がる光景に驚愕の表情を浮かべた。

「な、なんだと!?」

そこにあったのは、奴に向かって攻撃を始めるオレ、ガルナザーク、リリムの姿。

ボイドはすぐさま、魂を操る〝虚ろ〟の歌声を響かせるが――

「愚か者が。もう貴様の歌にはウンザリだ」

「にゃははは－、そういうことなのだ」

「おひねりをもらって、さっさと退場しろ。三流ミュージシャン」

三人の拳が同時にボイドの顔面を殴る。

「ごぼえあっ⁉」

その攻撃にはさしものボイドもひとたまりもなく、顔面を変形させながらはるか後方の壁まで吹き飛ぶ。

鼻や口から血を流しながら、必死に立ち上がるボイド。

その表情は先程までとは打って変わり、明らかに焦っていた。

「ど、どういうことだ⁉　なんでオレ様の演奏が届かねえ⁉」

「簡単なことだ。お前の〝虚ろ〟が魂を支配する能力だというなら、同じ能力でその命令権を上書きしたんだよ」

「な、なんだと⁉」

そう、先程の『隷属契約』は、オレ自身をはじめガルナザーク、リリムに対し、ある命令を上書きした。

その命令が果たされるまでは、スキルを使った本人であるオレですら、自分の動きを制御することができない。

そして、オレが与えた命令とは――

「お前を倒すまで動きを止めるな、って命令だ！　ボイド！」

「くっ⁉」

宣言と共に、再びオレ達は駆け出す。

もはや魂を操作する歌声が効かなくなった以上、奴に残された攻撃手段はあの音圧による衝撃波のみ。

そして今度は手加減なしの全力となり、音圧だけで周囲の物質が崩壊していく。

「はははは！　どうだよ、これがオレ様の本気の演奏だ！　近づくものは全て崩壊する、滅びの歌声！　たとえ、お前達が遠距離から攻撃を放とうとも、それがオレ様に着弾する前に高速の振動波によって崩壊する！　てめえらがどんな小賢《こざか》しい戦法をとろうと、〝虚ろ〟を宿すオレ様の敵じゃねえんだよ！」

「ほう、ならば接近戦で貴様を葬ればいいだけだろう」

ボイドの演説にさらりと返すガルナザーク。

それを聞いたボイドは眉をひそめる。

「はあ？　バカか、てめえ。この音圧の中、どうやってオレ様に近づくって言うんだよ！」

そうして絶叫と共にかき鳴らされる音楽。

ボイドを中心にしたそれはまるで台風のように、周囲の全てを呑み込んでいく。やがてそれがオレ達全員を呑み込もうとした瞬間、ガルナザークがオレとリリムを庇うように両手を広げる。

「なっ⁉」

「ほお、なるほど。これはなかなかに心地いいサウンドだ。先程の貴様への評価を改めてやろう。この歌声ならば、我の体をおひねりとして払ってやろう」

そう言いながら、ガルナザークは全身がズタズタになるのもお構いなしに一歩、また一歩とボイドへと迫る。

全身血まみれになりながらも歩みを止めないガルナザークに、ボイドは初めて恐怖の表情を浮かべた。

「て、てめぇ！　なんなんだ！　なんで止まらねぇ⁉　一体てめえは何者だ⁉」

「ふっ、知らぬなら覚えておくがいい。我は魔王ガルナザーク。あらゆる世界を支配する魔の王だ」

そして、とうとうボイドの目前へとたどり着くガルナザーク。

しかし、すでにその両腕の腱は切れており、ダラリとだらしなく垂れ下がっている様を見て、ボイドは勝利を確信した笑みを浮かべる。

「はっ、なにが魔王だ。近づくだけで精一杯じゃねえか。なら、おひねりとして、てめえの命を頂くぜ！　このクソ魔王がッ！」

「……ああ、遠慮なく受け取れ。ただし、その相手は貴様ではないぞ、ボイド」

「はあ？」

刹那、ボイドは見た。

ガルナザークの胸を貫いて現れる聖剣の姿を。

そして、その聖剣はガルナザークの体ごと、ボイドの胸をも貫いた。

「なっ……なん、だと……？」

自らを貫く剣を、信じられないといった表情で見つめるボイド。

ガルナザークの背中より聖剣を突き入れたのは無論——オレであった。

「作戦成功だな。ユウキ」

「ああ、お前のおかげだ。ガルナザーク」

互いに微笑むオレ達を見て、ボイドはようやく気づいたらしい。

先程ガルナザークがオレに投げかけた「自分ごとボイドを討て」という言葉の意味を。

「ま、まさか……これが本当の、狙い……だったの、か……？」

「ああ。お前の望み通り、同士討ちをさせてもらったよ。もっとも——」

「貴様の期待には応えられなかったかな？」

不敵に笑みを浮かべるオレとガルナザークに、ボイドはついに自らの見誤りを認め、倒れ伏した。

【現在ユウキが取得しているスキル】
『金貨投げ』『鉱物化（龍鱗化）』『魔法吸収』『空間転移』『ドラゴンブレス』『勇者の一撃』
『ホーリーウェポン』『魔王の威圧』『デスタッチ』『武具作製』『薬草作成』『毒物耐性』
『呪い耐性』『空中浮遊』『邪眼』『アイテムボックス』『炎魔法ＬＶ３』『水魔法ＬＶ３』
『風魔法ＬＶ３』『土魔法ＬＶ３』『光魔法ＬＶ10』『闇魔法ＬＶ10』『万能錬金術』『植物生成』
『ミーナの記憶』『隷属契約』

第五使用　決戦、三虚兵

「倒したのか……？　あのボイドを……『三虚兵』の一人を……？」

広間から避難していたのか、マリアンヌがボロボロのギルトを引きずりながら現れると、倒れ伏し、息絶えたボイドを見て呟いた。

その顔には、信じられないといった表情が浮かんでいる。

「ふんっ、当然だな。我々が手を組んで倒せぬ敵など存在せぬ」

「おっ？　お前も随分と仲間を信頼するようになったじゃないか。ガルナザーク」

「ほざくな。我は単に貴様の力を利用しているだけだ」

オレの褒め言葉にいつもの皮肉を返すガルナザーク。

とはいえ、今回勝てたのはこいつのおかげだ。

オレはリリムと共にボロボロの体のガルナザークに回復魔術をかけながら、マリアンヌ達の方へと近づこうとするが――

「驚いた。まさかボイドが敗れるなんて」

『!?』

突然聞こえた声に、オレ達は慌てて背後を振り向く。

するとそこには、いつからいたのか白髪の華奢《きゃしゃ》な少女が立っていた。

「お前は……！」

その姿には見覚えがあった。

あの時、パラケルススが引き連れていた『三虚兵』の一人。名前は確か――

「セレスト。覚える必要はないわ。パラケルスス様の障害となる敵は、私がこの場で抹消する」

少女がそう告げ、黒い手袋をした右手をオレ達に向けた瞬間、突然虚脱感に襲われた。

「!?」

「なんだ、これは……!?」

ただ右手を向けられただけで、全身から生命エネルギーが抜き取られるような錯覚を覚える。見ると、少女の右手から何か黒いオーラが立ち上っていた。

あれは……なんだ？　あの右手に何かを仕込んでいる!?

よく分からないが、あのボイドが使用した〝虚ろ〟と同様、いやそれ以上の悪寒がオレ達の全身を縛る。

このままではまずい！　なんとかしなければと気力を振り絞り、立ち上がろうとした瞬間、

「ユウキーーーー！！」

突然響いた叫び声。

その直後、ガラスが割れるような音と共に目の前の空間が砕け、そこに穴のようなものが出現する。

そしてその穴の向こう側より、オレのよく知る者達が姿を現した。

「っ！　お前達か！」

それはイスト、裕次郎、ブラック達だった。更に、以前魔国のアゼル領にいた、イストの妹である第五位の魔人リアの姿もある。

「どうやらナイスタイミングのようじゃな」

「主様、加勢いたします！」

「スキル『炎熱操作』！」

「そゆことみたいなー」

彼らは現れると同時にセレスト目掛け、一斉攻撃を開始する。

さすがのセレストも突然の来訪者による奇襲は予想外であったのか、オレ達に向けていた腕を下ろすとすぐさま自身の周囲に結界を張り、イスト達の攻撃に対して防御に回る。

しかし、咄嗟のことだったからか、イスト達の集中砲火によりセレストの腕に傷が生まれ、赤い血が滴り落ちる。

「……これは正直予想外。けれども、数が増えても結果は同じ」

腕の傷を見ながら淡々とした様子で告げるセレスト。

そのまま彼女が右手にしている手袋に手をかけ、それを外そうとした瞬間であった。

「そこまでにしておけ、セレスト。それ以上の行為は、パラケルスス様は命令していない」

「⁉」

いつからそこにいたのか、セレストの背後に全身黒ずくめの男が立っていた。

奴は確か、『三虚兵』の最後の一人、メルクリウスといったか?

仲間のセレストを制止した奴の意図が分からず、オレは一瞬困惑するが、メルクリウスはそんなオレ達に対して右手に浮かべた〝虚ろ〟を見せる。

「残念だが、我々の目的は〝虚ろ〟の回収だ。万が一ボイドが負けた際は、奴に与えた〝虚ろ〟を回収せよ、とパラケルスス様に命令されていてな。すでに回収が済んだ以上、我々はこれで失礼させてもらう。この〝虚ろ〟と、現状こちらが保管している〝虚ろ〟を合わせれば、パラケルスス様の目的は達成されるのでな」

「目的だと？　一体何をするつもりだ⁉」

答えるはずがないと分かっていながらも問いかけたオレに対し、しかしメルクリウスはそのローブの下より覗かせた氷のような眼差しをオレに向ける。

「さあな。一つ言えることは、奴の目的が完遂した暁には全てが滅ぶということだ。お前達は勿論、この世界も、いや宇宙そのものも。無論、お前が取り返しに来た娘——ファナの命もな」

「なっ⁉」

「止めたければ、我らの居城へ来るがいい。もっとも、我らの居城がどこにあるのか分かればの話だがな」

それだけ告げると、メルクリウスはセレストを伴って姿を消す。

それが撤退ではなく、宣戦布告であったのだと、オレ達は理解していた。

◇　◇　◇

その男は、ある魔術師の一族に生まれた異端の天才であった。

ごく幼い年齢の時点で一族に伝わる全ての魔術、技術を習得し、その世界において錬金術と呼ばれるものの基礎を生み出した。

錬金術。

それは四大元素と呼ばれる世界を構成する火・水・風・土の四つの元素を操り、様々な物質を変換・創造する御技《みわざ》。

四つの元素それぞれを組み換え、相生《そうせい》あるいは相克《そうこく》させることにより、これまでの魔術では不可能とされた技術すら開発した。その最高傑作こそ、『賢者の石』と呼ばれる万能の魔道具である。

それだけでも男の名は歴史に刻まれたが、男の探求はそこで終わらなかった。

一族に限りない不老の力を与えるべく、男は人間に魔物の力や能力、寿命を合成させる術を思いついた。

それが、『賢者の石』を使った『万能錬金術』の一つ——合成であった。男の手により、彼の一族は、人間でありながら不老長寿の魔女族と呼ばれる種族となり、同時に限りなく魔物に近い能力も得た。

勿論、魔女族となった一族の者達は男を称えたが、実はその代償として子を残す能力が劣化し、遠くない未来に絶滅する運命となったことが後に判明する。

その後、男は姿を消した。

真実を知った魔女族からの報復を恐れたからではない。

彼にとって、魔女族を生み出すことはただの実験に過ぎなかった。

四大元素という世界を構成する物質を突き止めた際、男は更に『五番目の元素』が存在すると主張した。

それこそが『第五元素』と呼ぶべき『空《くう》』。

それがいかなるものであるのかは謎に包まれている。

ほとんどの者は、そのようなものなどこの世に存在しない、と嘲笑した。

この世にないものの存在を証明する術などない、と。

だが、男はその存在しないものを求め、姿を消した。

彼の目的は『空』を手にすること。

それをもって、己が真の万物の創造主へと至ったと証明すること。

それが、その男――パラケルスス・フォン・ホーエンハイムの娘であるイストが知る、真実の全てであった。

◇　◇　◇

「その後、奴が異世界に渡ったと聞いて、儂もまた異世界の門を開く研究を始めた。全てはあの男……儂の父を捜し出すためじゃ……」

イスト達と合流したオレは、彼女の口より改めてパラケルススの出自について聞かされた。

奴は、自分と同じ一族、娘達すら実験道具として利用していたのか。

だからイストは奴を捜し出すためにあれほど必死に……今の話を聞き、オレは知らず拳を握り締めていた。

「ふんっ、奴の出自など今更知ったところでどうでもよいわ。我はあの男に復讐を果たす。魔女の小娘達、お前達もそのつもりでこの世界へ来たのだろう？」

「………」

「んー、どうかなー。復讐っていうかー、まあうちは黙って消えた父親に文句の一つでも言いたかっただけだしみたいなー」

ガルナザークからの問いにイストは答えず、妹のリアはあっけらかんとした調子で答えた。

イスト自身、父親と向き合って何を言うべきかまだ迷っているのだろう。

だが、とにかく奴はもう引き返せないところまできている。

このまま奴の暴挙を見逃せば、それはこの世界の破滅へと繋がる。それだけではなく、おそらくはイスト達の住んでいた世界にもその脅威は延びるだろう。

「いずれにせよ、もう賽《さい》は投げられた。オレ達は明日、パラケルススがいる天空の居城に乗り込み、決着をつける」

パラケルススの居城については、母さんの記憶を見たことですでに大体の位置を把握していたし、母さんからもおおよその場所を聞き、その地をマリアンヌに特定してもらっている。

幸いなことに、イストが持参した『収納袋』には空中浮遊用の空飛ぶ箒《ほうき》もあった。『空中浮遊』のスキルを習得していないメンバーも、これさえあれば乗り込むことは可能だ。

「無論、我々も同行する。奴によるこの世界の支配を終わらせ、我々の自由を手にするためにも」

そう言って箒を握り締めるのは、マリアンヌをはじめギルトやその他の鬼族達。

彼らもまた、いよいよパラケルススに挑む決意を固めていた。

「ああ、頼りにしているよ。明日は全員で乗り込み、そして生きて帰るぞ」

オレの宣言に頷く皆。

勿論、オレが言った「全員」の中には、今もパラケルススに囚われているオレの娘——いや、妹ファナも含まれている。

オレは必ず、明日の戦いで、オレの家族を全員取り戻してみせる。

そうして決意を新たにしたオレ達は、最後の決戦に向けた作戦会議を開くのだった。

◇　◇　◇

「はぁ……はぁ……はぁ……」

暗い部屋の中央。鎖に繋がれた少女ファナは右目から溢れる〝虚ろ〟に耐えながら、強く歯を食いしばっていた。

「大したものだな、ファナ。普通ならば、それほどの〝虚ろ〟を与えられれば自我は消滅するはず。なおも意識を保っていられるとは正直思わなかったぞ」

その様子を見ていたパラケルススが冷酷な表情で告げる。

そんな彼に対し、ファナは呑み込まれそうになる意識を必死に保ちながら答える。

「……もうすぐ、パパ達が私を助けに来てくれる……だから、私はそれまで絶対に待つ……」

今にも消え入りそうな意識を支えているのは、ファナの中に生まれた絆《きずな》、信頼であった。

しかし、それを知ってなおパラケルススは一笑に付す。

「くだらん。どの道、私が望む〝虚ろ〟の完成はもうじきだ。それまでに連中がここへ来れるはずが――」

その続きを告げようとした瞬間であった。

パラケルススの居城に巨大な地震が発生する。

「⁉　なんだと⁉」

ありえない事態に驚くパラケルスス。

それもそのはず、彼がいるのは大地から遠く離れた天空に浮かぶ城。

彼が何者にも邪魔されないために生み出した、外部からの干渉を一切断ち切った研究所である。

無論、そんな場所が自然災害による影響など受けようはずがない。

つまり、そこから導き出される答えは一つであった。

パラケルススは右手の上に浮かべた『賢者の石』を輝かせると、目の前に巨大なスクリーンを生み出す。

そこに映し出されたのは、数百にも上る人族・鬼族達が空飛ぶ箒に跨《またが》り、この城目掛け攻撃を行っている光景だった。

「撃て――――!!」

その陣頭に立つはグラストン王家の正統なる血を引く女王マリアンヌ。

マリアンヌの咆哮と共に、彼女の背後に控えた鬼族、人間達から無数の矢や槍が雨あられのように降り注ぐ。

更にそれに続いて、彼女の周囲にいたユウキ、ガルナザーク、イストなどの歴戦の猛者達より多数のスキルによる攻撃、魔術などが放たれ、次々と城の周りを覆っていたバリアを破壊していく。

「……連中め」

その光景を見て、パラケルススは初めて自身の内に溢れた不快な感情を理解する。

以前は目的遂行のために邪魔となる存在を無視し続けた彼であったが、目的達成を目の前にして、この邪魔者達を生かしておく理由などどこにもない。

彼はここに来て初めて、自らの前に立ちふさがったユウキ、ガルナザーク達を己の敵として認識し、その存在を抹消することを心に固く誓った。

彼が『賢者の石』を輝かせると同時に、城の各所に配置していた悪魔の姿をした石像――防衛用の自立石像ガーゴイルが次々と動き出し、襲撃者達を攻撃し始める。

しかし、ガーゴイル達には先陣を切って城へと向かうユウキ一行の動きは止められず、彼らはそのまま破壊された城の一角より侵入を果たす。

そして、その光景を見ていたファナは、それまでとは違う希望に満ちた表情を見せる。

「パパ……」

笑みを見せたファナは、苛立つパラケルススの背に向けて告げる。

「……言った通りでしょう……パパは必ず来る……私のことも助けてくれる……パパは、皆は、あなたになんか負けない……！」

そう告げられた瞬間、パラケルススはこれまで見せたことのない殺意に満ちた表情で振り返り、それを見たファナは一瞬息を呑む。

が、次の瞬間には彼はいつもの無感情な表情へと戻り、虚空に向かって残る己の側近達の名を告げた。

「セレスト、メルクリウス」

それと同時に現れたのは、白髪の少女セレストと黒ローブの男メルクリウス。

二人に向けて、パラケルススは城の中へと侵入したユウキ達の姿をスクリーンに映す。

「この者達を始末しろ。私が完全な〝虚ろ〟を生み出すまでにな」

「…………」

「はっ、お任せください。パラケルスス様」

パラケルススの命令に従い、姿を消すセレスト。

だが、メルクリウスはなぜかその場に残ったままだった。いつまでも行動しない配下に対し、パラケルススは苛立ちを顕にする。

「いつまでそこにいる。貴様もさっさと連中の始末に向かえ」

「その前に、一つ聞かせてもらおう。お前は〝それ〟を手にして何をするつもりだ？」

「なに？」

眉をひそめるパラケルススに対し、メルクリウスは続ける。

「お前がそうして執着するのは、それ以外に自分の目的がないからだろう。では、それを手にした後はどうするのだ？　誰も到達できなかった領域にたどり着き、その後は？　私が言えた義理ではないが、完璧とは成長の余地がない行き止まりだ。その先にたどり着いたとしてお前は誰に、何を証明するつもりだ？」

「黙れ」

パラケルススがひと言告げると、メルクリウスはその場に跪く。

それはまるで何かの強制力が働いているかのようで、メルクリウスはフードの下より覗かせた顔に大量の脂汗をかきながら、自らを縛る何かに必死に耐えていた。

「私は貴様とは違う。貴様が到達できなかった領域に到達することで、私の存在は初めて完成する。くだらん御託《ごたく》はこれまでだ。さっさと連中の始末に向かえ、これは『命令』だ」

「……はっ、分かりました。パラケルスス、様……」

今度こそパラケルススの命令に従い、メルクリウスは姿を消す。

そうして残ったパラケルススは『賢者の石』を輝かせながら、ファナが宿す〝虚ろ〟へとその手を伸ばすのだった。

◇　◇　◇

「どうやら侵入には成功したみたいだな」

「にゃははは！、あの女王様には感謝なのだなー」

「とはいえ、奴らがどれだけ持つかは分からぬ。儂らはこのまま城の最深部を目指すぞ」

「了解っす！」

パラケルススの居城への侵入に成功したオレ達は、内部に広がる通路を駆ける。

作戦は至って単純。

オレ達主力メンバーによる居城攻略。そして、最深部にいるパラケルススを倒すこと。

無論、敵の妨害があることは予測済みであった。

そのため、マリアンヌ達には城へ入るための援護と、敵の増援への対処を任せた。

そして、ここから先で待ち構えているのは、パラケルススが抱える残り二人の『三虚兵』。

その読み通り、通路を抜けた先、巨大な大広間のような場所に待ち構えていたのは、あの全身に黒いローブを羽織った一人の男だった。

「……来たか」

「メルクリウス」

オレが名を告げると、メルクリウスは静かにローブの中から腕を上げ、指先をこちらに向ける。

「『重力操作』」

そのスキル発動と同時に、オレ達の周囲の重力が一気に増加する。

通常の何十倍という重さを体全体にかけられ、たまらずその場に膝をつくオレ達。

「ぐうううう……！」

一度食らった技だが、あの時よりも遥かに重さが増している。

さすがに今回は向こうも本気のようだ。

だが、こちらもあの時とは覚悟も、そして準備も違う。

「スキル『重力操作』！」

「同じく『重力操作』みたいなー」

次の瞬間、二人分の声が響いたかと思うと、オレ達を封じていた重力の檻《おり》が砕かれる。

正確には、オレ達にかかっていた重力が、別の人物の重力操作によって相殺されたのだ。

それを行ったのは、イストと、その隣にて杖を掲げるもう一人の魔女リア。

「残念じゃが、お主が使用しているスキルは儂にも使えるぞ」

「そういうことみたいなー。つーか、アンタの相手はうちらだしー」

イストとリアがそう答えると、彼女達の左右にいたブラックと裕次郎が一歩前に出る。

「そういうことだ。悪いがお前の相手で主様を足止めさせるわけにはいかない」

「ユウキさん、ここはオレ達に任せて先へ行ってくださいっす」

「ブラック、裕次郎……」

オレは四人の背中に僅かに頭を下げると、ガルナザークとリリムを引き連れ、メルクリウスを飛び越えたその先の通路へと向かう。

無論、先へ進もうとするオレ達の背中目掛け、メルクリウスの魔術が放たれるが――

「おっと、そうはさせぬぞ。言ったはずじゃ、お主の相手は儂らじゃと」

その魔術を、イストとリアの放った魔術が打ち落とす。

そうして四方をイスト達によって囲まれたメルクリウスだったが、奴がローブの下で溜息をこぼすのが、その場から離れていく俺にも分かった。

「……まさか、お前達と戦うことになるとはな。因果なことだ」

「なんじゃと？」

去り行くオレの耳に最後に聞こえたのは、メルクリウスの呟きとイストの疑問の声。

しかしメルクリウスは、イストの疑問に答えることなく、再び両手に集めた魔力を解き放ち、居城を揺るがす爆発を生み出すのだった。


「イスト達。大丈夫だろうか……」

「ふんっ、今更連中の心配をしてどうなる。それにこれはここへ乗り込む前から決めていた作戦であろう」

「それはそうだが……」

先程から背後で響く爆発音にうしろ髪を引かれながらも、オレはガルナザーク、リリムと共に通路を駆けていく。

「それよりも自分の方の心配をしたらどうだ。そろそろ次が見えてきたぞ」

ガルナザークの言葉通り、前方に巨大な扉が見える。

そのまま扉を開けて中に入ると、そこには白い髪をなびかせる無機質な表情の少女が一人佇《たたず》んでいた。

「……待っていた」

少女──『三虚兵』の一人セレストは、そうひと言告げると静かに構える。

そして彼女が構えると同時に、オレ達の中で一番後ろにいたリリムが一歩前に出る。

「にゃははー、ここは私に任せるのだ」

「リリム……」

事前に決めてあった作戦では、ここはリリムに任せてオレとガルナザークは先を急ぐ手はずであった。

しかし、いくらリリムが強いとはいえ、相手はパラケルススの側近。それをたった一人で相手にして、本当に大丈夫なのか？

「心配無用なのだ。パラケルススに勝つには、ユウキとお父様の体力を温存させるのが第一。この程度の奴、私一人で十分なのだ。なんならユウキとお父様は後ろで観戦しててもよいのだー。にゃははははー！」

心を読んだのか、いつもと変わらない能天気な笑顔を向けてくるリリム。

オレはそんな彼女の笑顔に頷くと、この場を任せることにした。

「では……行くのだー！！」

咆哮と共にリリムが駆ける。

それは以前オレと戦った時よりも遥かに速度を増した突進。

あれからリリムも様々な経験を経て、成長したということなのだろう。

瞬時に繰り出された打撃は、今のオレですらいくつか見えなかった。

が、それを間近で繰り出されたにもかかわらず、セレストはいとも容易くその全てを弾き、受け流す。

のみならず、先程のリリムと同等の速さをもって彼女の背後に回り、お返しとばかりにガラ空きの背中に蹴りの一撃を浴びせる。

「がはっ!?」

ノーガードの状態でセレストの一撃を受け、壁に激突するリリム。

「にゃ、にゃははー……ま、まだまだ、この程度では終わらないのだー！」

口から流れる血を拭いながら不敵に笑うリリム。

しかし、今の攻防から見て、相手の強さはリリムを上回っている。

やはり、このまま一対一では勝ち目はない。

オレやガルナザークの体力が消耗するとしても、ここはやはり三対一で戦うべきでは……!?

そう考えた瞬間、隣にいたガルナザークがふと呟いた。

「……妙だな」

「え？」

見ると、その顔はいつにも増して不可解そうな表情をしていた。

「今の攻防。あまりにリリムが押されすぎていた」

「それは、それだけ相手の実力が上回っているってことじゃ？」

「いや、我が見たところ、あの二人の実力差はそこまで開いてはいない。確かにあの娘の身体能力は驚異だが、リリムならばそれに食らいつける実力がある。にもかかわらずリリムの攻撃は全て躱《かわ》され、奴の攻撃のみがクリーンヒットしている」

確かに、リリムの攻撃は全て紙一重の差で防がれ、そのカウンターとしてのセレストの攻撃はしっかりと入っていた。

「なによりも、リリムには『読心術』がある。あれさえあれば、たとえ実力差が開いていてもそれを補えるはず。だというのに、なぜあそこまで一方的な展開になったのだ？」

「あっ……！」

その通りだ。これはおかしい。

これではまるで――

「にゃははは……その通りなのだ……相変わらずお父様は嫌なところに気づくのだ……」

一歩下がったリリムが、ボロボロの体に気休め程度の回復魔術をかけながら呟く。

「どういうことか分からないのだが……最初に会った時からこいつの心が全く読めないのだ……」

「なっ⁉」

リリムの漏らした内容に思わず驚くオレ。

心が読めない？

そんなことがありえるのか？

しかし、セレストは至極あっさりとそれに答えた。

「私には心なんてない。だから、私の心を読むのは不可能」

「なに？　どういうことだ？」

戸惑うオレ達に、セレストは驚愕の真実を告げた。

「私はパラケルスス様により作られた『大いなる業《マグヌム・オプス》』。またの名を、ゴーレム」

「ゴーレム……？」

それは確か、錬金術師や魔術師などが召使いとして生み出す土や泥で作られた人造物だと、多くの物語で目にした。

しかし、今ここにいる少女はそんな土人形とは全く無縁の、どこからどう見ても完璧な人間にしか思えない。

事実、先日傷を負った際、その腕から血が滴っていたのを見た。

それで土人形だとはとても思えない。

しかし、未だ信じられないオレの隣で、ガルナザークが息を呑んだのが分かった。

「ゴーレムだと？　まさか、パラケルススは神の御業にまで到達していたのか」

「どういうことだ、ガルナザーク？　ゴーレムって土人形のことじゃないのか？」

「土人形か……確かにそういう説もあるにはある。だが、ゴーレムとは我々の世界ではこう呼ばれている。即ち『最初の人間』と」

最初の人間？

ガルナザークのその言葉に、オレはハッとする。

そういえばオレも聞いたことがある。

創世記において、神が地球を作った後、土の塊に命を吹き込むことで最初の生命を作ったという。

そして、その生命は後にこう呼ばれるようになった。始まりの人類、すなわち——アダム。

「ユウキ、お前が『万能錬金術』で生み出すホムンクルスは、あくまでもベースとなる人間があった上で、それを素体にしたコピーに過ぎない。だが、ゴーレムはそれとは違う。全くのゼロの状態から『完璧な人間』を生み出すことを意味する。それを可能にした人間などこれまで存在しない。なぜならそれは命そのものを生み出す所業、すなわち神の領域に他ならないからだ」

「神の……領域……？」

生命を自在に生み出すことが神の御業ならば、確かにパラケルススは神と言っても過言ではないかもしれない。

だとすると、そのあいつがこれほどまでに追い求める〝虚ろ〟とはなんなんだ？

生命すら自在に生み出す領域に至ってなお、あいつは何を求めているんだ？

しかし、そんなことを考えている間にセレストは先程よりも苛烈な攻撃を放ち、リリムを圧倒していた。

「ぐうううううぅぅ！」

「これで分かったでしょう？　パラケルスス様により生み出された完璧な存在である私には、心などない。だから、私の心を読もうとしても無駄」

「リリム！」

これはまずい。

心を持たない相手ならば、リリムの読心術が通じないのも道理だ。相性が致命的に悪すぎる。

やはり、ここは消耗覚悟でオレかガルナザークが助太刀《すけだち》しなければ……

そう思ったのだが、攻撃を受けている当のリリムはなぜかほくそ笑んでいた。

「にゃるほどぉ。つまり、お前はパラケルススの娘ってわけなのだなー。にゃはははー、お前が今こうして必死に戦っているのも自分の父親のためというわけかー。なかなかに親孝行な娘なのだなー」

「…………」

刹那、それまで無機質であったセレストの一撃に明確な殺意が乗ったのが感じられた。

そうして放たれた拳を、しかしリリムは紙一重で躱すと、初めてクロスカウンターが決まり、セレストの顔を殴り飛ばす。

「にゃははははー、ようやく一発当たったのだ」

「…………」

リリムの一撃を受けて流れ出た鼻血を拭うセレスト。

一方のリリムは顔も含めて全身にダメージを受けており、見た目には明らかにリリムの方が劣勢であった。

にもかかわらず、リリムははっきりと微笑んでいる。

「どうやら少しだけど、勝機が見えてきたかもしれないのだ」

勝機？　先程の会話で何かを掴んだのか？

しかしそこで、セレストが右手に装着していた手袋を静かに脱ぎながら宣言する。

「……何のことを言っているのか分からないけれど、あなたに勝機なんか初めからない。言ったはず。私はパラケルスス様により作られた完璧な生命。その証拠を見せてあげる」

次の瞬間、セレストがこちらに向けて右手を開く。

そこにあったのは穴。

右手のひらにぽっかりと浮かぶ、黒い穴であった。

それを向けられた瞬間、オレ達は全身が虚脱感に見舞われる。

見れば、セレストの右手に開いた穴が、この空間にあるありとあらゆるものを吸い込み始めていた。

「ぐっ……」

「これは……」

思わず片膝をつくオレ達に向けてなおも右手を掲げながら、悠然とセレストが告げる。

「これこそが私がパラケルスス様より与えられた、完璧である証。生まれた瞬間より宿した〝虚ろ〟の力。この穴の前にはあらゆる力は無力。生命、物質問わず、あらゆるエネルギーを吸い取る無限の穴。〝虚ろ〟が持つ無限の力を私は宿している」

無尽蔵のエネルギー吸収装置というところか？

だとしたら厄介だ。

あの穴を向けられている限り、ただ対峙しているだけでドンドン体力を奪われる。

このままではまずいとオレが立ち上がるよりも早く、リリムがオレとガルナザークを庇うように前に出る。

「にゃははは、なるほど。それはすごい力なのだ。しかし、だとしたら奇妙なのだな。お前、さっき自分で自分の存在や宿した〝虚ろ〟が完璧だと言ったのだな。なら、どうしてパラケルススはファナを求めたのだ？」

「え……？」

言われてみれば、リリムの言う通りだ。

パラケルススはゴーレム、すなわち人間すら生み出す技術を手にしている。

更に、生まれながらに〝虚ろ〟を人工的に宿させることにも成功している。

ならば、それを使って、奴が求める〝虚ろ〟の研究とやらを完成させればいいのではないのか？

わざわざファナを利用する理由はなんだ？

そうしなければならない何か特別な理由があるのか？

「ッ……お前……！」

オレが考え込む中、リリムの問いかけに、それまで顔色一つ変わることのなかったセレストが初めて表情を歪めていた。

◇　◇　◇

「失敗だな」

私、セレストが生まれてから最初に言われたのはそのひと言だった。

生まれたと同時に、私を見下ろすその人物――私の創造主は、まるで見放すようにそう告げた。

「ゴーレムの創造には成功したが、やはり人工的な〝虚ろ〟では私が求める完璧なものには届かない……いや、そもそもこの世界の鬼族の血だけでは、何かが足りないのかもしれないな。あるいはもっと別の……外なるものと交わらせればあるいは……」

そう言ってその人物は私から背を向け、以降私に興味を抱くことはなかった。

私は生まれながらに全てを兼ね備えていた。

知識も力も魔力も、並の人物を遥かに上回る天稟《てんぴん》を備えていた。

そして、生まれながらに右手に与えられた〝虚ろ〟の力すら使いこなし、私は私を生み出してくれた創造主パラケルスス様のために仕えた。

理由など必要ない。

私を生み出してくれたのはパラケルスス様。

その方のためにこの身を全て捧げ、費やす。

それこそが私が生まれた理由であり、それ以外のものなど必要ない。そのはずだった。


「ほお、素晴らしい。やはり異世界人との血を交わらせることで、鬼族に継承された〝虚ろ〟は変化した。いや、より本来の形に整ったというべきか。いずれにしろ、この娘の〝虚ろ〟をベースにすれば私が求めるものへの到達も可能。ファナ、といったか。お前には私のためにその存在を役立ててもらうぞ」

パラケルスス様が回収した鬼族の少女ファナ。

それはパラケルスス様が求める完璧な〝虚ろ〟の器として相応しいものであった。

そのことを知った時のパラケルスス様の顔──笑み、喜び、そして期待に満ち溢れた表情は、これまで私に見せたことのないものであった。

「…………」

そう理解した瞬間、私の中に何か不可解なものが生まれたのを感じた。

パラケルスス様があのファナという娘に何かを期待するたびに、それが僅かずつ膨《ふく》れていくのを感じた。

「ファナ。いい加減にしろ、貴様は私の道具として、ただ与えられたことを享受《きょうじゅ》しろ」

「はぁ……はぁ……」

それからというもの、パラケルスス様はファナという娘に固執し、その〝虚ろ〟を完璧なものに仕上げるためだけに行動するようになった。

けれど、当のファナという娘はパラケルスス様の行いを拒否し、あまつさえその目的を否定した。

なぜだ。

私なら喜んでそれを受け入れる。

たとえどのような拷問であっても、それが自らの存在を消されるような所業であったとしても、パラケルスス様の役に立てるのなら、この身を喜んで差し出す。

なのに、どうして私ではなく、あの娘なんだ。

あの娘が拒絶することを、私ならば喜んで受け入れるのに、どうしてそこにいるのが私ではない。

どうして、あの方が期待を込める相手が私ではなく、あの娘なのだ。

あの娘を見るたびに、その不快感が増す。

私がどんなに進言しても、パラケルスス様が私を見ることはない。私に期待をかけることはない。私に言葉を与えることもない。

だから私はどんなことをしてでも、あの方の役に立ってみせる。

どんな些細《ささい》な任務であろうと完璧に遂行し、あの方の役に立ってみせる。

そうすればきっと、いつか、必ずあの方が私のことを見てくれる。

それだけが、私が戦い続ける目的なのだ。

◇　◇　◇

「――なるほど。そういうことか。お前が戦い続ける本当の理由は、父親のためではないのだな。本音はもっと単純、ただ自分を生み出してくれたお父さんに認めてほしい。そのために私達と戦っているのだなー」

「!?」

リリムがそう告げた瞬間、セレストが息を呑むのが見えた。

と同時に、その顔には明らかに憤怒《ふんぬ》の色が見え隠れしていた。

「……お前に……なにが、分かるッ！」

次いで聞こえたのはセレストのそんな言葉。

だが、それは先程までの無機質な声ではなく、まるでそれまで活動を休止していた火山が噴火したが如く、勢いよく怒りを撒き散らすような声であった。

「にゃはははー、よーく分かるのだー。なにせ、つい先程お前の心の声を聞いたばかりなのだからー」

「ッ！」

リリムがそう挑発すると、セレストが強く地面を蹴る。

そうして一瞬にしてリリムとの距離を縮めると、彼女の首筋目掛け、右手の穴を突き出す。

まずい！　直接リリムの体を掴んで、生命エネルギーを吸い取る気か!?

オレはリリムを助けようと咄嗟に駆け出すが、そんな暇も与えぬほどセレストの動きは速く、正確であった。

もはやリリムの死は避けられないと予感した、その瞬間——

「ああ、ようやく〝聞こえた〟のだ。お前の心の声が」

リリムはセレストが突き出した右手を瞬時に払い落とすと、逆の腕でセレストの腹部目掛けて渾身の拳を打ち込む。

「が、はっ……!?」

腹部にその強烈な一撃を受けると同時に廻し蹴りまで食らい、後方に吹き飛ぶセレスト。

それでもすぐさま体勢を整え、再び右手の穴でリリムの生命力を吸収しようとするが、そこにリリムの姿はすでになかった。

「遅いのだ。考えてから動いたのでは、私の動きには追いつけないのだ」

「!?」

いつそこに移動したのか、セレストの背後に回っていたリリムが先程までのお返しとばかりに強烈な連打を叩き込む。

その攻撃の前に、セレストは〝虚ろ〟の穴を使う機会を封じられ、全ての動作を防御に転換せざるを得ない状況へと追い込まれる。

先程までの攻防がまさに逆転。

今度はセレストの攻撃の全てがリリムに封じ込まれ、一方でリリムが放つ一撃一撃が的確にセレストの防御の隙間を縫い、確実に傷を蓄積させ始めた。

「ぐっ……どうしてっ!?」

あまりに一方的な変化に、当のセレストも困惑の声を上げる。

戦いを始めた当初は決して見せなかった感情の色、荒く乱れた呼吸に、目の前のリリムを睨む必死の形相など、彼女はまさに別人のように変化していた。

「にゃははは｜、気づかないのか｜？　確かにさっきまでのお前の心は全く読めなかったのだ。けれど、今のお前の心はよく聞こえるのだ」

「私の心……だと？」

リリムの言葉に、あからさまに眉をひそめるセレスト。

それを拒否するように、彼女は告げる。

「……私にはそんなものなんてない。あの方が望んでいるのは完璧な存在。お前如きの言動に心を揺さぶられるなどあるはずない――ッ！」

咆哮と共に駆けるセレスト。

しかしその姿は、傍目《はため》からも明らかに激情に支配されていると分かる。

そして、たとえ実力がどれほど高くとも、来ると分かっている攻撃ならば避けることが可能。

読心術を持つリリムは繰り出される攻撃を捌き、弾き、打ち落とし、逆に渾身の一撃をセレストへとお見舞いする。

「ぐっ……!?」

再び後方へと吹き飛ぶセレスト。

しかし、中空で体勢を整えるとそのまま着地し、どこか覚悟を決めた表情になる。

「……そう、分かった。あなたがどうやって私の心とやら読んだのか、そんなのはもう関係ない。

要はあなたに読まれようとも避けられない攻撃を仕掛ければいいだけ」

セレストはそう告げると、両足に力を込め、陸上競技選手がやるようなクラウチングスタートのポーズを取る。

次の瞬間、セレストの姿が文字通り消えた。

見ると、リリムが動くよりも早くその眼前に移動し、彼女の左腕を掴んでいた。

「ッ!?」

その動作にはさしものリリムも瞠目《どうもく》。

そしてそれはオレとガルナザークも同じだった。

今の動きは、明らかにそれまでのセレストの動きを凌駕していた。いくら彼女が力を隠していたとはいえ、魔人であるリリムが全く反応すらできない身体能力を秘めていたとは考えられない。

が、その秘密の答えは瞬時に分かった。

見ると、セレストの両足の太ももとアキレス腱部分が裂けており、そこからとめどなく血が溢れていた。

「通常、あらゆる生物は自身の体を壊さないよう、本能のレベルでリミッターが制限されている。けれど、ゴーレムである私は自身の体にかけられたリミッターを自在に解除することができる。それにより、私自身の体を破壊するほどの身体能力を出すことが可能」

なんて奴だ……

確かにこれならば、いくら考えを読もうとも対応することは不可能。

しかも最悪なことに、リリムの左腕を掴んだセレストの右手には、あの〝虚ろ〟の穴が存在した。

当然そのことにはリリムも気づいている。

「ぐ、うっ⁉」

「これであなたは終わり」

そう宣言したセレストの右手のひらから真っ黒なオーラが立ち上ると、それまで瑞々《みずみず》しかったリリムの腕は、枯れ木のように干からびた腕へと瞬時に変化する。まるで、その部分だけが急速に老化していくかのような現象だ。

そして、それは腕を伝い、速度が増加しながら彼女の肩、胸をも侵食する。

「リリムッ！！」

まずい！　あのままではリリムは全身の生命エネルギーを吸収されて死んでしまう！

オレは彼女の名を叫び、駆け出す。

だが、オレに向けたリリムの表情は、絶望とは全く異なる、勝利を確信した笑みだった。

「……にゃははは｜。ああ、そう来ると読んでいたのだ。お前に勝つにはこれしか方法がないと私も覚悟を決めていたのだ」

「なに？」

リリムの宣言に疑問の言葉をこぼすセレスト。

そして次の瞬間、驚愕の表情を浮かべる。

「!?」

なんと、リリムの背中から生えた漆黒の翼の先端が、まるで断頭台の刃の如く、掴まれていた左腕を肩ごと切り落としたのだ。

切り落とされた左腕は瞬時に砂とも灰とも分からぬ物質へと変化し、四散していく。

「くッ!?」

掴んでいた腕を切り落とされ、今度はリリムの体へ触れようとするセレスト。

だが、最初から自分の腕を切り落とす覚悟をしていた者と、よもや自らの腕を犠牲にするとは思わなかった者とでは、反応に明確な差が生じる。

セレストの次なる攻撃が届くより早く、リリムのもう一つの翼が先端を槍のような形状に変え、セレストの腹に深々と突き刺さった。

「……が、はっ……」

それでも目の前の敵へと手を伸ばすセレスト。

しかし、その腕はほんの僅かリリムに届くことなく、リリムの翼の刃が引き抜かれると同時に、胸に風穴を開けたセレストがその場にて倒れ伏した。

「……はぁ、はぁ、はぁ……うっ……」

「リリム！」

決着がつき、その場に片膝をつくリリム。

オレは慌てて傍へ駆け寄るが、リリムは全身に傷を負ったのみならず、犠牲にした左腕は一朝《いっちょう》一夕《いっせき》には癒せないほどのダメージになっている。

オレは気休めになればとすぐさま彼女に回復魔術をかけようとするが、リリム本人が残った右手でそれを制する。

「に、にゃははは！……ユウキ、心配は無用なのだ。それよりもユウキとお父様はこのまま先に……パラケルススのいる最深部に向かうのだ……」

「けれど、お前……」

「大丈夫なのだ……私もこう見えて魔人の端くれ、この程度の傷では死なないのだ……とはいえ、少し休ませてもらうのだ……」

そう言って、リリムは自分の体に回復魔術をかけながら地面に横たわる。

本音を言えば、これほどの重傷を負ったリリムを残していくのは気が引ける。

だが、ここで先に行かなければ、リリムがここまで体を張ってくれた意味がなくなる。

一歩離れて戦いを観戦していたガルナザークへと振り返ると、奴もまたオレと同じような表情でこちらを見ていた。

「……リリム。よくやった。ここから先は我とユウキに任せ、お前はここで休息を取れ」

「にゃははー、お父様にそう言われると私も嬉しいのだー。では、お言葉に甘えるのだー」

父からの称賛に対し、素直に笑顔を向けるリリム。

オレは彼女に礼を告げると、ガルナザークと共に奥の扉を開け、その先の通路を駆けていく。

これで全ての『三虚兵』を退けた。

残るは最深部にいる最後の敵——パラケルススのみ。

オレとガルナザーク、二人共が因縁を持った敵に向けて静かな闘志を宿しながら、オレ達は最深部を目指すのだった。

◇　◇　◇

その頃イスト達は、『三虚兵』の一人、メルクリウスと圧倒的激戦を繰り広げていた。

「シャドウフレア！」

「スキル『氷雪操作』！」

ブラックが放つ闇魔法上位の漆黒の炎が降り注ぎ、メルクリウスを呑み込むと同時に、その爆発を瞬時に裕次郎が凍らせる。

超高温の闇の炎と、それを凍らせる絶対零度の氷結。

通常であれば、それを受けた者の命は完全に途絶えるであろう。しかし——

「クリムゾンフレア」

凍えるようなひと言が閉ざされた氷の中より聞こえる。

瞬間、周囲を業火の海に変えたメルクリウスが、悠然と姿を現す。

その体には先程の攻撃による傷は一切見当たらず、纏っているローブにも僅かな塵すらついていなかった。

「くッ……！」

「やっぱり効いてないっすか……」

その姿を見て、裕次郎とブラックは呆れにも似た声を出す。

先程から、二人は何度となく己が持つ全力のスキル、魔術をぶつけている。

が、その全てはメルクリウスに届くことなく、そよ風のように受け流されていた。

「もうよすんだな。お前達と私とでは実力の差がありすぎる」

そんな彼らの攻撃にうんざりしたのか、メルクリウスがそうこぼす。

「いやいやー、やめろと言われてやめるほど、うちら聞き分けよくないしー。つーか、まだうちらも全力出してないわけだしー、そんなので相手の力量測った気でいるとか草なんですけどー」

リアはそう答えると、杖の先をメルクリスへと向ける。

するとメルクリウスの周囲の地面が激しく揺れ、そこから龍を象った土の塊が姿を現す。

「アースドラゴン！」

そのまま、土の龍はメルクリウスを呑み込む。

「やったか⁉」

思わず裕次郎がそう叫ぶが、しかし次の瞬間、土の龍は内部から溢れた爆発により四散する。

やはりというべきか、その中から姿を現したメルクリウスは傷一つついておらず、リアの奥の手すらも彼には届かなかった。

「さて、そろそろ無駄なあがきは終わりにしてもらおう」

メルクリウスがそう呟くと、彼の周囲に無数の黒炎が立ち上る。

最初にその正体に気づいたのはブラックであった。

「シャドウフレアか⁉」

「左様。だが、貴様のものと同じとは思わないことだ」

先程ブラックも放ったシャドウフレアであったが、確かに、メルクリウスのそれは質も量も比べ物にならないほどであった。

そうして放たれたシャドウフレアを、ブラックは咄嗟に同じシャドウフレアで、裕次郎は『炎熱操作』の炎で相殺しようとするも、そのほとんどは逆に呑み込まれ、撃ち返されてしまう。

「ぐああああああああああ！！」

「うわあああああああああ！！」

「うっ、ぐうううううっ！！」

咄嗟の反撃でいくつかは直撃を免《まぬが》れたが、それでも三人を呑み込んだ多数の爆発は致命傷に近い傷を与えるに十分であった。

同じ魔術でも、メルクリウスとブラックとではその威力はまさに雲泥《うんでい》の差と言えた。

「おそらくお前達も元いた世界では強者と呼ばれる者達であろう。しかし、なまじ半端な実力があるために、本来ならば一撃で死ねるはずがそのように半死半生《はんしはんしょう》で生き残る。いっそのこと抵抗をやめ、楽になったらどうだ？」

そのメルクリウスの解析は実に的確であった。

実際、ブラックも裕次郎達も並の相手ならば寄せ付けないほどの実力者。

だがそれでも、世界で指折りの強者には届かない。

それは数を揃えても結局は同じことであり、できることと言えばせいぜい戦いを長引かせること。

そう思い至った時、メルクリウスはなおも足掻こうと立ち上がる目の前の者達の目的に気づく。

「……なるほど、時間稼ぎか。確かにそれが一番賢い作戦だろう。私を倒せないまでも、先に行ったあの連中がパラケルススに挑める、と。お前達という犠牲は残るが、それでも唯一敵の頭を獲れる作戦だな」

メルクリウスの読みは当たっていた。

そのために戦力を分散させるにあたり、誰をどこに残すかで、ユウキは最後まで悩み続けた。

中でも、メルクリウスの相手にはガルナザークを残すべきかと検討したが、それには当のガルナザークを含め全員が首を横に振った。

敵の大将であるパラケルススを倒すには、ユウキだけでなくガルナザークの力が絶対に必要だと。

故に、メルクリウスの相手はブラック達をおいて他にいなかった。

「お前達のリーダーもなかなかに非道な決断を下したものだ。いや、そうでなければ戦いには勝てぬ。上に立つ者としてはそれが正解か」

「……く、くくくっ」

メルクリウスの皮肉に、ボロボロの体を引きずりながらブラックは笑った。

「確かに私達の主様は立派な方だ。だが、勘違いはするな。それはお前が考えているような方だからではない」

「そうっす。あの人がオレ達にアンタを任せたのは、オレ達のことを信用してくれたからっす」

「そうそう、つーか、別にうちら犠牲になる気とかさらさらないしー」

立ち上がった三人はそう不敵に笑う。

この状況下で一体何ができるのか、そう思った瞬間、メルクリウスは僅かに離れた場所に感じる巨大な魔力の渦に気づいた。

振り向くと、そこに立っていたのは魔女イスト。

彼女はこの戦闘が始まってすぐに他の三名から離れ、一人集中してこの瞬間のために魔力を蓄積させていた。

つまり、これまでのブラック達の猛攻はこの時のための囮《おとり》であったと、ようやくメルクリウスは気づく。

「そういうことじゃ。待たせたのぉ、これが儂のとっておき。天候すら操作する風魔術の最高位『メラム・エンリル』じゃ！」

イストが杖を掲げると同時に現れたのは、先程リアが放った土の龍を上回る迫力の、嵐の龍。

この戦いの空間を満たした巨大なそれはメルクリウスを呑み込み、その体を易々と引き裂いていく。

「ぐ、ぐうううううぅぅ！」

「どうじゃ？　先程までの攻撃とは違うであろう。ブラック達が時間を稼いでくれたおかげで限界ギリギリまで魔力を込められた。これを前になお涼しい顔などさせぬぞ！」

イストが放った『メラム・エンリル』は壁という壁を吹き飛ばし、天井に大穴を開け、はるか上空の太陽が顕になる。

メルクリウスを呑み込んだまま、暴れ回る嵐の龍。

そのまま完全にメルクリウスの体を引き裂くかと思われた、その瞬間——

「く、ぐうううううぅぅ、があああああああああああッ！！」

かつてない咆哮と共に、メルクリウスの体を中心にまるで超新星の爆発のような衝撃が広がる。

その威力はメルクリウスに食らいついていた『メラム・エンリル』を消滅させ、周囲にあった瓦《が》礫《れき》すらも全て蒸発した。

「はぁ、はぁ、はぁ……」

見れば、左半身のローブが吹き飛び、片腕はズタズタに引き裂かれた状態であるものの、メルクリウスは生き残っていた。

「……よもや、あれでも倒せぬとは……やれやれ、とんでもない相手じゃのぉ……」

「それはこちらのセリフだ。まさかあれほどの切り札を隠していたとは。お前達の実力を侮《あなど》っていた。だが、結局は悪あがき。お前達では真の強者に牙を届かせることなどできぬ」

文字通り、全身全霊の力を使い果たし、床に膝をつくイスト。

ブラック達も同じような状態であり、もはやこの状態から新たに何かを仕掛けられるとは到底思えない。

そのはずであった。

「ふ、ふふふっ……」

だが、笑ったのはイスト達であった。

もはやどうすることもできぬ絶望的な状況下で、イストはメルクリウスに対して笑みを向ける。

それは、勝利を確信した笑みだった。

「悪あがき。確かにそうじゃ。儂らでは真の強者には届かぬ。だからこそ、小細工で勝負させてもらった」

「なに？」

「気づかんか？　先程の『メラム・エンリル』はお主を倒すためのものではない。最後のパーツを揃えるためのものじゃ」

「その通りだ。貴様は覚えていないか？　我々がこれまでしてきた攻撃の種類を」

「オレ達はただがむしゃらにスキルや魔術を使っていたわけじゃないんっすよ……」

「そうそう。使う属性をそれぞれ決めた上でアンタに撃ち込んでいたのよ、みたいなー」

「これまでの属性……だと？」

イスト、ブラック、裕次郎、リアそれぞれの言葉で、メルクリウスはこれまでのブラック達のがむしゃらとも思える攻撃を思い出す。

確か、最初に使用したのは闇の炎の魔術『シャドウフレア』。

次いでスキル『氷雪操作』による氷。

その後で間髪容れず放たれたのは土魔術高位の『アースドラゴン』。

そして、最後に風魔術最強の『メラム・エンリル』。

火、水、土、風。

そこまで考えた瞬間、メルクリウスは気づく。

「そう、〝四大元素〟。錬金術において、世界を構成する元素であり、全ての源《みなもと》。儂の父、パラケルスス・フォン・ホーエンハイムはこの四大元素にはない、五つ目の元素──〝空〟、即ち〝虚ろ〟を求めていたようじゃが、儂がこれからすることはその真逆。全ての元素を一つにすることで生み出す、全く新しい元素──〝魔〟じゃ！」

宣告と同時にイストは地面を杖で叩く。

するとメルクリウスを中心として四方それぞれに火・水・土・風の元素が立ち上り、それらが構成する魔法陣が地面に走る。

「こ、これは……バカなッ……⁉　四大元素の力全てを一つに束ねるだと⁉　錬金術において合わせられる要素は二つが限界！　二つの要素を組み合わせることで新たな物質、元素を生み出すもの！　全てを合わせることなど不可能だ！」

それは錬金術においてのみならず、魔術の世界における常識でもあった。

錬金術でも『熱』と『乾』の要素を合わせることで『火』が生まれ、『冷』と『湿』を合わせることで『水』が生まれる。それを応用し、あらゆる元素・物質を変化させることができる。

魔術の世界においても、二種類の属性を合わせることでより強大な魔術へと昇華させる。

例えば『シャドウフレア』は、『闇』と『炎』の二つの属性というように。

だが、三種類以上の属性を混合させた場合、その魔術はバランスが保たれず、現界することなく四散するのが常である。

錬金術においても、四大元素全てを掛け合わせるなど、理論上不可能。

錬金術の祖とされるパラケルススですら、やはり不可能と結論付けていた。

だが、しかし――

「不可能だと、なぜ言い切れる？　それは単にそれまで〝誰もできなかった〟からに過ぎないじゃろう。それを言うならば、パラケルススが求めた第五元素〝虚ろ〟も元々は存在しないとされていたものじゃ。あやつにできて娘の儂にできぬことはない。いや、あやつができなかったことを成し遂げてこそ――儂の存在理由を証明できるのじゃ！」

それは自らの父に対する下克上《げこくじょう》。

遠い異世界へと消えた父の背中を追い続けたイストが、その背中目掛けて放った一矢。

「『アルケミック・マテリアル』――ッ！！」

それはパラケルススが提唱した錬金術のルールすら打ち破った、イストの最高の一撃。

イストが描いた魔法陣は四つの元素を一つに集約し、それを中心にかつてない爆発を引き起こす。

そうして生まれた四大元素全てが合わさった力が、〝虚ろ〟同様、世界の法則の外側に位置したことには、イスト自身気づいていなかっただろう。

そして、そんなこの世に存在しないはずの魔術、理解不能な力を前に、〝防御〟という常識が通じるはずもなく、全身に傷を負ったパラケルススは静かに膝をつく。

「……は、ははっ……見事だ……まさか、お前が最後に〝私〟を超えるとはな……」

「なに？」

不意に告げられたその言葉に、イストだけでなく、ブラック、裕次郎、そしてリアも思わず顔を上げる。

すると、彼らの目に映ったのは、これまでしかと覆っていたフードが外れたメルクリウスの頭部。

流れるような銀色の髪。

男とも女とも取れる絶世の美貌。

更に、その首にかけられていた奴隷の証である『奴隷鎖』。

だが、四人を真に驚かせたのはその顔であった。

「……お父、さん……？」

彼の素顔を見た瞬間、最初にそう呟いたのはイスト。リアもまた言葉を失って凍りつく。

それは偽物というにはあまりにパラケルススと瓜二《うりふた》つ。

フード越しには分からなかった雰囲気すら、目の前の男は彼と全く同じであった。

「一体どういうことだ……？」

「まさか、ホムンクルスっすか？」

ホムンクルス。それは元となった人物のクローン、分身を指すもの。

イスト達も、ユウキが『万能錬金術』で自身のホムンクルスを生み出す場面を何度となく見ていた。

このメルクリウスがパラケルススのホムンクルスであったなら、確かに辻褄は合う。

だが、そんな裕次郎達の呟きを、メルクリウス――否、パラケルススは否定した。

「……いいや、違う。ホムンクルスではない。ここにいる私こそが〝本物〟だよ、イスト」

「え？」

名を告げられた瞬間、イストは懐かしさを覚える。

その呼びかけ方は確かに、幼い頃にイストが聞いた父からのものであった。

どういうことかと戸惑う彼らに、パラケルススは真実を告げる。

「今、この世界を支配し、私を隷属化させ、完全なる〝虚ろ〟を生み出そうとしているあのパラケルススこそが……かつて、私が生み出したホムンクルスだ――」

◇　◇　◇

【現在ユウキが取得しているスキル】

『金貨投げ』『鉱物化（龍鱗化）』『魔法吸収』『空間転移』『ドラゴンブレス』『勇者の一撃』

『ホーリーウェポン』『魔王の威圧』『デスタッチ』『武具作製』『薬草作成』『毒物耐性』

『呪い耐性』『空中浮遊』『邪眼』『アイテムボックス』『炎魔法ＬＶ３』『水魔法ＬＶ３』

『風魔法ＬＶ３』『土魔法ＬＶ３』『光魔法ＬＶ10』『闇魔法ＬＶ10』『万能錬金術』『植物生成』

『ミーナの記憶』『隷属契約』

第六使用　最後のアイテム使用

駆ける。
深淵の如く暗く果てしない通路を、ガルナザークと共に駆けるオレ。
やがて、そんな通路を抜けた先にそれは広がっていた。
巨大な大広間。
無機質な鉄の檻を思わせる、漆黒の広間の中心に、その人物はいた。
鎖で両手を縛られ、膝をついたファナ。
そんなファナの前に立つのは、漆黒のローブを纏う銀髪の男。
「「パラケルスス」」
オレとガルナザークは宿敵の名を同時に口にする。
パラケルススがゆっくりとこちらを振り向く。
「思ったよりも早かったな。やはり『三虚兵』ではこのあたりが限界というところか」

そう告げるパラケルススの表情は、最初に会った時と変わらずまるで氷で出来ているかのようであった。

「ファナを返してもらうぜ」

オレ達を見下ろすパラケルススに対し、臆することなくそう答えると、パラケルススの口より意外なひと言が飛び出た。

「いいだろう」

パラケルススがそう告げると同時にファナを縛っていた鎖が取れ、奴はその頭を乱暴に掴むとオレ達の方へと投げ飛ばす。

「ファナ！」

オレはすぐさまファナを受け止め、無事を確認する。

目は閉じているが、呼吸はしている。

目立った外傷はなく、ファナの身が無事であることを知り、オレはホッとした。

「一体どういうつもりだ？」

一方で、ファナをあっさりと解放したパラケルススに対し、ガルナザークがそう問いかける。

パラケルススにとってファナは必要な存在だったはず。

そんな彼女をなぜ、こんなにあっさりと解放したのか？

その答えはすぐさま明かされた。

「もはやその娘の役割は終わった。その娘に宿っていた〝虚ろ〟。それに十分なエネルギーを注ぐことにより、私が望んだ完成形がここに誕生したのだから」

「完成形……まさか？」

オレの疑問に対し、パラケルススは左手を掲げる。

するとそこには真っ黒な球体――〝虚ろ〟の姿があった。

「!?　それは！」

オレは慌てて、ファナの髪で隠れた右目を確認する。

すると、そこにあったはずの真っ黒な穴、〝虚ろ〟が消えていた。

「そうだ。すでにファナの中にあった〝虚ろ〟は私が奪った。そして、この〝虚ろ〟により、私が望む第五元素――空。即ち『無』を手に入れる」

「ふん。己の家族を見捨て、我を利用し、この異世界に来てまで望んだものが、そんなよく分からぬものとはな」

パラケルススの目的を見下すように告げるガルナザーク。

しかし、そんなガルナザークにパラケルススは驚くべき真実を告げる。

「一つ勘違いをしているようだから、教えてやろう。私は貴様が知るパラケルスス・フォン・ホーエンハイムとは別人だ」

「……なに？」

「私はこの世界を訪れたパラケルススの手により生まれた、奴のコピー……ホムンクルスだ」

「!?」

「ホムンクルスだと!?」

「そうだ。そして、お前達の足止めのために待ち構えていた『三虚兵』の一人、メルクリウス。奴こそが本物のパラケルススだ」

「あいつが……？」

その告白にはただ驚くしかなかった。

しかし、それが本当だとするなら、こいつがガルナザークのことを覚えていなかったのも当然だ。

だが、そうなるとなぜ、ホムンクルスのこいつが本体であるパラケルススに反逆を……？

「ホムンクルスが自我を持つことがそんなに不思議か？」

「え？」

オレの疑問を感じ取ったのか、パラケルススがそう告げる。

「確かに私も最初は、本体であるパラケルススの意識の末端として活動していた。だが、ある時気づいたのだよ。本体よりも先に私が『無』の力を手にすれば、本体を凌《しの》ぐ存在となれることに。事実、私は本体を超えた。奴の持っていた『賢者の石』を奪い、奴にはたどり着けなかったこの到達点にさえ先んじたのだからな！」

そう言って、パラケルススは左手に収まった〝虚ろ〟を再び掲げる。

こいつが本体に反逆し、その上で〝虚ろ〟の完成形――『無』を生み出そうとしたのは、それがパラケルススとしての悲願だからではなかった。

ただ単に、そうすることでコピーである自分が本体を凌駕する存在になれると思い込み、その証明のために行動していたのだ。

その歪んだ目的をオレが理解した時、隣にいたガルナザークが静かに息を吐く。

「……なるほど。その歪んだ目的を考えれば、貴様のこの世界における暴挙も納得だ。そもそも貴様には、初めから人間としての感情など宿っていなかったというわけだ」

「だから、なんだ？　どの道、貴様らは私の手によって、ここで終わりだ」

その宣言と共に、パラケルススは左手に持った〝虚ろ〟を、右手に持つ『賢者の石』と融合させる。

刹那、『賢者の石』がはじけ飛ぶと、そこに巨大な力を持つ何かが具現化した。

「ッ!?」

「これは……！」

それは、まさにこれまで感じたことのない別次元の圧力。

オレ達が住むこの世界、いやこの宇宙には存在しない何か。

世界に穿《うが》たれた穴。

『空白』。そう言っていい何かが、パラケルススの右手に誕生していた。

「――素晴らしい」

自らの右手の中の〝それ〟を見ながら、パラケルススは初めて恍惚に満ちた表情を見せる。

「これこそが、あらゆる世界、あらゆる次元にも存在しない第五元素。森羅万象《しんらばんしょう》、いかなる理からも逸脱した力――『無』。遂に……遂に到達したぞ。く、ふふふっ、はーはっはっはっはっはっ！　私が！　この私が手にしたぞ！　本物ですら至れなかった領域にホムンクルスであったこの私が！　これで私はオリジナルを、人間を、神を！　全ての存在を超越した！！」

その虚ろな穴を眺めながら、パラケルススは哄笑《こうしょう》する。

確かに、奴が手にした力は生半可なものではない。

実際、それを前にしたオレとガルナザークは本能で恐怖していた。

しかし、ここまで来た以上、もはや引くわけにはいかない。

「ふんっ、前振りは終わったか？　無だか虚ろだか知らんが、そんなもの我々にとっては些細な違いに過ぎん。どの道、貴様は我の手によって、ここで終わるのだからな」

そう言って、先程パラケルススが告げたセリフに皮肉交じりで返すガルナザーク。

しかし、そんな挑発をものともせず、パラケルススは静かに鼻を鳴らし、右手の『無』を掲げる。

「やってみるがいい。この宇宙に存在しない『無』の力。それがどれほどのものか、見せてやろう」

「上等、ならば――」

「見せてみろって言うんだ！」

咆哮と共にオレとガルナザークは駆ける。

それは文字通り、最終決戦の幕開け。

オレは駆け出すと同時に、『武具作製』によりありったけの聖剣を創造する。

それに加えて都合十人のオレを生み出す。

『はあああああああああああああッ！！』

生み出されたオレのホムンクルスは各自聖剣を手にメルクリウスへと斬りかかる。

それぞれが今のオレに持ち得る最大火力を振り絞っての一撃。

どんな魔人であっても致命傷を免れないであろう、今のオレの全力。

そんな無数のオレを前にしたパラケルススは、手に持った『無』を静かに掲げた。

「散れ」

そのたったひと言で、パラケルススに斬りかかろうとしたオレのホムンクルス達は一瞬にして四散し、聖剣もまた全てが塵のように消滅した。

「なっ⁉」

なんだ今のは？

ただ右手の『無』を掲げただけで、オレのホムンクルスと聖剣が全て消滅しただと？

あまりにもありえない光景に呆然とするオレをよそに、パラケルススの背後に回ったガルナザークがその両手に漆黒の炎を宿らせる。

「たわけが。その程度で我が狼狽《ろうばい》すると思ったか？　受けるがいい、パラケルスス。これが魔王が持つ混沌の炎よッ！！」

そして、この世界のあらゆる色を混ぜ合わせたような混沌色の炎に抱かれるパラケルスス。

あれは闇魔法最強の呪文『カオスフレア』！　魔王のみに扱うことが許された究極の魔術。

まともに喰らったならば、いくらパラケルススでもタダでは済まないはず！

しかし――

「言ったはずだ。私はこの世の理を超越したと。混沌の炎だと？　笑わせるな。この世に存在する力で私を倒すことなど、もはやできぬと知れ」

「なっ⁉」

凍える声と共に、ガルナザークが放ったカオスフレアが瞬時に消滅する。

それはまさに、先程オレのホムンクルス達を塵にした力と全く同じもの。

これが『無』の力だというのか？

奴の言う通り、この世界に存在するルールや力では、もはやあいつに傷一つ負わせられないのか？

困惑し固まるオレ達を前に、パラケルススが再び右手に宿した『無』を構える。

「どうした？　まさかこの程度で終わりだと思っているのか？　ならば、見せてやろう。私が手にした『無』の本当の力を」

パラケルススの宣言と共に『無』がオレを襲う。

瞬間、オレは体中の力がなくなるのを感じた。

それはまるでいきなり深海の中に放り込まれたかのような感覚。

呼吸ができず、目の前が真っ暗で何も見えない。

前後左右のあらゆる感覚がなくなり、ただその場でもがくのみ。

そんな感覚が一瞬、あるいは数時間も続いたように感じた。

「ユウキッ！！」

しかし突然聞こえたガルナザークの声でオレは目覚める。

見ると、オレを呑み込んだ『無』をガルナザークが切り払ったようだ。

だが、オレは全身に虚脱感を覚え、頭がズキズキと痛む。

命は助かったが、今の一瞬でオレは致命的な何かを失ったような気がした。

「阿呆《あほう》が。敵の攻撃をまともに受けよって」

「す、すまない……」

そう言ってオレは再び周囲に聖剣を創造しようとするが――

「!? どういうことだ!?」

しかし武器は一向に現れない。

いや、それだけではない。ホムンクルスを創造しようとするが、それも上手くいかない。

一体なぜ？ 困惑するオレにパラケルススが告げる。

「無駄だ。もはやお前の中にあったスキルは全て消失した」

「な、なんだって……？」

見ると、パラケルススの右手に収まった『無』がまるで生き物のように鼓動し、その動きはより活発になっていた。

「これが『無』だ。世界のあらゆる力を蝕む埒外の力。貴様が有するスキルも『無』の前には無力に等しい」

「そんなバカな⁉」

オレは慌てて自身のステータスを確認する。

すると、そこにあるはずのオレが『アイテム使用』にて獲得してきたスキルが、ことごとく消失していた。『万能錬金術』をはじめ、『武具作製』、『空間転移』、『勇者の一撃』、『鉱物化（龍鱗化）』、『金貨投げ』、その全てが。

更にはオレがこれまで得てきたレベル・能力値すら初期化、リセットされており、ステータス画面に映る数値は全て『1』と表示されていた。

「そんな……バカな……」

「言ったはずだ。私は全てを超越した存在になったと」

悠然と宣言するパラケルススを前にして、オレは膝をつく。

こんなことがありえるのか……？

今までオレが戦えていたのは全て、『アイテム使用』によって得たスキルがあってこそだった。

どんな強敵であろうとも状況や戦略、仲間達の援護のおかげで勝利したが、その核となっていたのは『アイテム使用』によって得たスキル群だ。

そのスキルが全て消滅した今、オレに一体何ができる？

更にはレベルすらも『1』へと落とされ、オレの力はそこらへんにいるただの人間と変わらぬものへと落ちてしまった。

これではもうどうしようもない。

かつて味わったことのない絶望感に、オレは完全に戦意を喪失し、立ち尽くす。

「ここまでだな。所詮は人間。『無』の力の前には無力。最後は華々しく我が『無』の前に呑まれるがいい」

膝を折ったオレにそう告げるパラケルスス。

見ると『無』が巨大な闇の球体となり、こちらに迫ってくる。

――もう終わりだ。

もはやオレにはあれを避ける力も、スキルもない。

あんな常識外の、埒外の力にどうやって抗うというのだ。

オレは後ろに倒れたファナに心の中で謝罪し、全てを諦めて静かに目を閉じようとするが――

「やれやれ、忘れたのか。ユウキ。お前はこれまでも幾度となく、こうした絶望的状況に出会い、それを乗り越えてきただろう」

声が聞こえた。

それはオレが知る、けれども〝知らない〟男の声。

その声に思わずオレは顔を上げる。

すると、そこに立っていたのはオレが知らない男。

黒いマントをなびかせ、オレを庇うように立つその姿は、物語に出てくる英雄のように威風堂々としていた。

だが、その男を見た瞬間、多くの者はそれが英雄などではなく、その英雄と敵対する悪――魔王であると直感するであろう。

漆黒の流れるような長髪。

側頭部から生えるねじれた二本の角は、まさに悪魔を思わせる。

身長はおよそ一八〇センチ。服の上からでも分かる鍛え抜かれた体と、袖から僅かに覗く腕の筋肉が、まさに歴戦の猛者の器を感じさせる。

なにより、パラケルススが月のような美しさを誇るとすれば、その男の美しさはまさにその月を覆う夜空。

かつて見たこともない美男子の登場に、オレは一瞬目を奪われ、呼吸すら忘れた。

しかし、オレは誰だか分からないはずのその男の姿に、知らずある名を呟く。

「……ガルナザーク……なのか……？」

オレの問いに男は微笑みを見せた。

凶悪さと、全てを包むような包容力。その二つを併せ持つ微笑みを。

オレが知らない真の姿——本来の魔王ガルナザークの姿がそこにあった。

「お前、その姿……どうして……？」

「なに、お前から器として頂いたホムンクルスの肉体に日々魔力を注ぎ、全盛期の肉体に戻れるよう準備をしていたのさ。もっとも、それはいずれお前と決着をつけるためだったが、まさかここで全て使うことになるとはな」

皮肉げに笑いながらガルナザークは答える。

しかし、言葉とは裏腹に、その目は一切の後悔を感じさせない。

全盛期の肉体に戻ってオレに向けて放たれた『無』を打ち返したガルナザークは、そのままパラケルススを睨みつける。

「さて。改めて、貴様とは初めましてかな？　ホムンクルスのパラケルスス。我が名はガルナザーク。異世界ファルタールを支配した、最強にして最凶の魔王・ガルナザークである」

「…………」

ガルナザークの名乗りに、僅かに眉をひそめるパラケルスス。

しかし、すぐさまその顔から表情を消すと、先程までと同様の、自分以外を虫けらとして見ているかのような視線を向ける。

「知らんな。それに貴様の存在などどうでもいい。所詮は貴様も我が『無』に呑み込まれるだけの存在。魔王だろうと人間だろうと、蟻《あり》だろうと。全ての存在は私の前では等しく平等――皆、無価値だ」

「そうか。我の意見とは真逆だな。我にとって、世界の全ては価値に満ち溢れている。だからこそ、魔王たる我は支配するのだ。価値ある全てをこの手に収めるために。もっとも、その価値の中に貴様は含まれぬ。その点では貴様の言う無価値に同意しよう」

ガルナザークがそう告げると同時に、パラケルススが再び『無』を放つ。

しかしそれを、ガルナザークが周囲に生み出したカオスフレアが呑み込む。

その威力、量共に、以前までのガルナザークとは比較にならない。

なによりも、闇魔法最強の呪文であるカオスフレアを、ガルナザークはまるで指先を動かすだけのことのように発現した。

以前とは魔力の桁が違いすぎる。

そして、それは魔力だけの話ではなかった。

パラケルススが放った『無』とカオスフレアが互いに打ち合い、相殺し合うと同時に、ガルナザークは瞬時にパラケルススの背後に移動する。

「!?　なに!?」

その動きはさしものパラケルススも予想外であったのか、僅かに防御が遅れ、胸元にガルナザークの拳が入る。

「がっ⁉」

僅かに体勢が崩れると、瞬時にガルナザークが生み出した漆黒の剣がパラケルススの体を切り裂く。

「くっ……！」

「どうした？　本物のパラケルススはこの程度、難なく凌いだぞ。やはり、貴様は本物の劣化品《ホムンクルス》に過ぎないということか？」

「ッ！　黙れええええええええええええッ！！」

オリジナルと比較するガルナザークの挑発に憤《いきどお》ったパラケルススは、右手の『無』をこれまでと明らかに違う全力で解き放つ。

それはまるでブラックホールのように巨大な穴となり、そこから無数の黒い触手が生まれ、ガルナザークを襲う。

自らに向かってくる黒い触手を次々と切り裂くガルナザークであったが、しかしその全てが囮であった。

巨大な穴となった『無』の中が一瞬煌《きら》めいたかと思うと、それは光の弾丸となってガルナザークの胸を貫いた。

「……ぐっ！」

「ガルナザーク⁉」

オレの叫びをよそに、一瞬の油断をついて、『無』より現れた無数の触手がガルナザークの四肢を掴む。

そうして動きを完全に固定すると、再び『無』より無数の光弾が放たれてガルナザークの体を貫く。

「がはっ……！」

「ここまでだな。魔王とはいえ、所詮は『無』の力には及ぶべくもない」

そう切り捨てるパラケルススに対し、しかしガルナザークが笑みをこぼす。

「くっくっくっ、それはどうかな？　確かに貴様が手に入れたその力は、この世の摂理の外にあるものだ。だが、貴様自身は所詮この世界の既存品に過ぎない。だからこそ、それを超越する力を求めたのだろう？　そして、それこそが貴様の限界よ」

ガルナザークがそう指摘するのと同時であった。

パラケルススの左腕が消し飛んだのは。

「な……にっ⁉」

突然の事態に焦るパラケルスス。

あれは……ガルナザークの未来を切り裂く剣撃！

先程の斬撃のどれかを、ガルナザークはこの瞬間に飛ばしていたのか！

何が起きたのか理解できず困惑するパラケルススを指しながら、ガルナザークは告げる。

「どうだ？　貴様自身が埒外の攻撃を受けるのは？　貴様にも『恐怖』というものが何か分かったか？」

「ほざくな！　消え去れッ！　旧時代の魔王がああああああああッ！！」

咆哮と共にパラケルススが放った『無』がガルナザークを呑み込む。

その直前、奴は確かにオレに声をかけた。

「ユウキよ、貴様は勝てる。なにせ、この我を――ガルナザークを倒したのだからな」

「ガルナ――！」

その言葉だけを残して、ガルナザークの全ては『無』へと呑まれた。

最初は敵として、だが気づくとオレの側に居続けた半身のような存在。

その奴が今、完全に消滅した。

文字通り、オレには何も残らず、空っぽのスキルだけが残った。

「……さて、それでは終わりとしよう」

左腕を切り落とされたパラケルススだったが、今ではまた平静を持ち直し、右手に掲げた『無』

を、今度はオレと、その背後で眠りについているファナへと向ける。

ガルナザークが命を賭《と》してまで守ろうとしたオレも、これで終わる。

もはや全てを失ったオレが、こいつに勝つ手段など――

『ユウキよ、貴様は勝てる』

「――!」

「終わりだ、人間」

放たれた『無』を前にオレは目を見開き、右手を突き出す。

「うおおおおおおおおおおおおおおおおおおぉぉぉっ!!」

そうだ。まだ終わりではない。

ガルナザークは最後までオレを信じていた。

自分を倒したオレに、全てを任せて逝《い》った。

ならば、それに応えずしてどうする。

絶望だと? 窮地だと? 恐怖だと? 絶体絶命だと?

そんなもの、ガルナザークが言った通り、これまで何度も味わってきた。だが、オレはそれを踏破してきた。

そして、その始まりとも言える最初の絶望・ガルナザークに打ち勝てた理由は、紛れもなくオレの――最後まで諦めない意地汚さにあった！

「ああ、そうさ。見せてやるよ、ガルナザーク。お前を倒したオレの……本当のスキルを――ッ！！」

そう叫び、オレは眼前に迫った『無』を掴み取る。

「スキル『アイテム使用おおおおおおおおぉぉぉぉぉ』！！」


スキル『アイテム使用』により、スキル『　』を取得しました。


次の瞬間、オレは自身を呑み込んだ『無』を打ち消した。

前を見ると、唖然とした表情のパラケルススがいる。

「ば、バカな……そ、そんなことが……!?」

オレは静かに右手の中に生まれた空白をゆっくりと掴み、視界の端に自らのステータス画面を開く。

そこには『レベル：―』という文字が刻まれていた。

更に、オレが持つその他のパラメーター、能力値も全て『―』という横線が引かれているだけになっている。

奇しくもそれは、オレが最初に得た自らのスキル『アイテム使用』のランクとして刻まれていたものと同じ表記であった。

今なら分かる。

これがどういう意味を持つのか。

それは文字通り、この世の埒外を意味する表記。

既存の基準や数値では測れない領域。

オレが持っていたスキル『アイテム使用』の効果は、道具にだけ当てはまるものではなかった。

オレ自身が認識し〝使える〟と確信したものにこそ、その効果を発揮するのだ。

つまり、オレが『無』を認識し、それを『使用』した瞬間に、すでにそれは〝オレの物〟となっていた。

「どんな気持ちなんだろうな」

近づくオレに向けて再び『無』を解き放つパラケルスス。

だが、オレはそれを右手で軽く受け止めながら、自身の中へ残さず還元していく。

「自分が五百年以上かけて追い求め続けてきた力が、オレに『使用』されるだけで一瞬で奪われるってのは」

「ッ⁉　お、おのれえええええええええええッ！！」

咆哮と共にパラケルススは自らの『無』を最大出力にし、オレを呑み込もうとする。

だが、オレは静かにパラケルススが生み出したのと同じだけの『無』を右手に生み出すと、逆にパラケルススの『無』を呑み込み始める。

「ば、バカなっ⁉　こ、こんなことが⁉」

焦りのあまり叫び出すパラケルスス。

やがて奴が生み出した『無』は全てオレの『無』へと呑み込まれ、今度は奴自身の体が『無』へと引きずり込まれ始める。

「お、おおおおおおおおおおぉぉぉっ⁉　バカな！　こんなバカなことがあああああああッ！　私の体が、私の『無』が、呑み込まれるだとおおおおおおおおッ⁉」

体が四散し、どんどん『無』へと呑み込まれ、狂乱するパラケルスス。

そんな奴に対し、オレは静かに告げる。

「お前が己の存在を証明しようと、人生を賭けたものなんてな……オレなんかが『使用』するだけであっさりと手に入ってしまう、そんなものだったんだよ」

右手の『無』をかざしながら、オレはパラケルススへと最高の皮肉を送る。

「うおおおおおおおおおおおおおおおおぉぉッ！！」

そうして、断末魔の叫びと共にパラケルススの体は完全に消滅する。

後には何も残らず、戦いの痕跡すら消えたように、ただ静寂が訪れた。

「……パパ？」

そんな中に響いた、か細い声。

振り向くと、そこには目を覚ましたファナの姿があった。

その両目は今やハッキリと見開かれ、金色の瞳がオレを捉える。

そこには不安と恐怖、心配が混ざりながらも、嬉しさをこらえるようにしてオレを見つめていた。

オレは静かに両手を広げると、いつもの笑みでファナへと笑いかける。

「ファナ、待たせて済まなかったな。迎えに来たよ」

「――うんっ！」

その声を合図に、弾けたような勢いでファナはオレの胸へと飛び込んだ。


【現在ユウキが取得しているスキル】

『　』

エピローグ　家族

「ユウキをはじめ皆様方、この度は我々をパラケルススの支配から解放してくれたこと、誠に感謝する」

戦いが終わり、グラストン王国の首都ガルザリアに戻ってきたオレ達は、マリアンヌ率いる鬼族より感謝されていた。

「いや、オレはただファナを助けたかっただけです。そのためにパラケルスス達と戦っていたようなもので……」

「だとしても、あなたのおかげでこのニジリアナはようやく一人の支配者の手から逃れられた。我々も本当の意味での自由を手に入れられたのです」

深々と頭を下げるマリアンヌ。

そんな彼女に、オレの隣からイストが問いかける。

「しかし、これからお主はどうするつもりじゃ？　いくらパラケルススという支配者が消えたとしても、この国の荒れようはそう簡単には戻らないじゃろう。それに人間と鬼族との関係もある。長年奴隷として扱っていた者達と、そう簡単に手を取り合えるものか？」

「……確かにそれは難しい問題です。ですが、私はこれ以上、鬼族達を奴隷として虐げる制度を続けるつもりはありません。同じ人権を持ち、この世界に共に生きる者として、手を取り合いたい。その考えを実現するには長い道のりがあるかもしれませんが……私はこの国の女王として、少しずつでも人族と鬼族の共存の道を模索していくつもりです。彼らと共に」

そう言って、マリアンヌはすぐ傍にいる鬼族の青年ギルトの肩に手を置く。

ギルト率いる鬼族の者達は、そんなマリアンヌの意志に同調するように微笑んで頷く。

「そうか。まあ、一筋縄ではいかぬ道とは思うが、もし何かあれば儂らに連絡をするがいい。少しでも力になってやろう」

「かたじけない。ありがとうございます」

イストから通信石をもらったマリアンヌは、再び頭を下げる。

「お兄ちゃんー！」

そうしてオレ達が移動をしようとした時、不意に鬼族達の列から一人の少年が飛び出した。

「！　君は……」

それは以前、鬼族の集落でガルナザークが助けた少年ミズルであった。

彼は生き生きとした瞳でオレへと近づく。

「お兄ちゃん達のおかげで僕達の集落も無事で、今ではあそこにいるマリアンヌっていうお姉さんに保護してもらえたんだ。本当にありがとう！」

「そうか、それはよかった。けど、まだ人族と鬼族との関係はこれからだと思うから、君も頑張るんだよ」

「うん！」

そう言って大きく頷くミズルであったが、ふとキョロキョロと周りを見渡した後、オレに問いかける。

「あの、お兄ちゃん。魔王のおじちゃんはどこに行ったの？」

「…………」

ミズルの問いに、オレを含めその場の全員が黙り込む。

真実を伝えるべきなのかとオレが悩む中、後ろにいたリリムが前に出ると、そっと少年の頭を撫でる。

「にゃははー、あのお兄さん……私のお父様はちょっと遠いところに行ってしまったのだー。けれど、お父様はこう言っていたのだ。この世界で我の第一の配下であるお前に鬼族のことを任せると。だから、君もマリアンヌと一緒に頑張るのだ」

「……魔王のおじさんが僕に……」

そう告げられたミズルはしばし俯くと、その顔に笑みを浮かべて頷く。

「うん、分かった。おじさんに会えないのは寂しいけれど、僕はおじさんの——魔王の一番の配下だから、僕がおじさんにできなかったことを引き継ぐよ！」

「にゃははは！　うんうん、それでいいのだー！　お父様もきっと君のことを誇りに思うのだー！」

そのままくしゃくしゃとミズルの頭を撫でるリリム。

果たして、ミズルがどこまでガルナザークの運命を理解しているのかは分からない。

それでもこの子なら、きっと立派にガルナザークの想いを継いでくれるだろう。

そして、オレもまた、オレを生かすために散ったあいつのためにも精一杯生き続けなければならない。そう思い、強く拳を握り締める。

「さて、それではそろそろ儂らも元の世界に戻るとしようかのぉ」

そう言って、イストが地面に描いた魔法陣に魔力を込める。

すると時空が歪み出し、魔法陣の中心に次元の隙間のような穴が生まれる。

「おお。すごいな、イスト。もうすっかり異世界を渡る術を完成させたのか？」

「当然じゃ。一度この世界とのリンクを繋いでしまえば、あとはその穴を再び開くだけ。ミーナからも転移結晶をもらい、往復分の魔力も十分じゃ。なんなら、儂らの世界に戻った後はお主も元の世界に戻してやろう」

「そうだな。それはあっちに戻ってから決めさせてもらうよ。ねえ、母さん」

「ええ、そうね」

イストからの誘いに、オレはすぐ傍にいる母さんの手を引く。

戦いが終わった後、オレは改めて母さんと会話し、そして母さんを迎え入れた。

無論、母さんの隣にはファナもいる。

ファナには、彼女の母とオレの母が同じであることを話した。

それを聞いた当初は、ファナも大層驚いていた。

「え!? そ、それじゃあ私、パパのこと、今度からお兄ちゃんって呼んだ方がいい、かな……?」

などと悩む姿はオレと母さんの心をなごませた。

「……それよりもイスト。お前はいいのか？　あいつのこと」

「ああ、そうじゃな……」

オレはそれとなく気になっていた〝ある男〟のことについて尋ねる。

しかし、それに対してイストはどこか吹っ切れたように笑った。

「その件についてては、もうケリはつけたつもりじゃ。儂とリア、家族や一族を捨ててどこかへ消えた父。儂がそやつを追いかけたのも、ひと言文句を直接ぶつけたかったからじゃ。あれだけボコボコにしてやったのじゃから、儂の気持ちとしてはもう十分じゃ。それに奴も奴で償《つぐな》わなければならない罪は多くあるはず。それをこの世界で果たしていかねばなるまい。あの娘と共にな」

「そーいうことーみたいなー」

「……そうか、そうだな」

納得した表情を見せるイストとリアを見て、これ以上この件にオレが関わる必要はないと頷く。

「では、そろそろ儂らはこの世界からお暇《いとま》するとしよう」

「ええ、最後に本当にありがとうございました。皆様。また会える日を楽しみにしております」

「こちらこそ、何かあればまたすぐにこの世界に来ますよ。マリアンヌ」

そうして、オレ達はマリアンヌに別れを告げ、異世界ニジリアナを後にするのだった。

◇　◇　◇

「……ここは？」

「気がついたか」

砂塵舞う荒野にて、その少女——セレストはゆっくりと目を開ける。

すぐ傍には、素顔を晒したメルクリウスがいた。

「……どうして私が生きて……」

ボソリと呟き、セレストは自らの腹を触る。

そこには治療を施された跡があり、傷口を塞ぐように包帯が巻かれていた。

「無理はしない方がいい。塞がったとはいえ、お前の傷は重傷だった。今、こうして生きていることは奇跡だ」

「……あなたが私を助けたの？」

問いかけるセレストに、メルクリウスは静かに首を横に振る。

「いいや、お前を救ったのは連中だ」

「……あの連中が？　どうして？」

思わぬ事実に眉をひそめるセレスト。その答えは、驚くほど単純なものであった。

「まだ息があったから助けた。それだけだそうだ」

それは、セレストの思考からすればあまりに理解不能だった。

敵であった自分を助けた理由が、そんなあまりにもあっさりしたものなのか？

「理解ができない……どうして、そんなことを……」

困惑するセレストに、メルクリウスは思い出すようにして語る。

「……私も本来なら死を覚悟した。だが、連中は――イストは私を生かした。あの子が言うには、私を殺すために追いかけたのではない。ただ自分なりの決着をつけたかったのだと」

「決着……」

「ああ。そして、私はあの子達に敗れた。あの子達を捨てたろくでなしの親としては相応しい結末だったよ」

そう言って肩をすくめるメルクリウスであったが、その表情はどこか晴れ晴れとしていた。

「それじゃあ、パラケルスス様は……？」

「死んだよ」

「そう……」

それを聞いてセレストは静かに頷く。

その顔には一見感情がないように見えたが、メルクリウスは彼女の瞳に僅かな悲しみの色が浮き出ていたのを感じた。

「お前はこれからどうする？」

「……もう私には生きる意味がない。私の存在理由は、私を生み出してくれたパラケルスス様への奉仕のみ。あの方がいなくなった以上、私も――」

「死ぬのか？　それで何がどうなるわけでもあるまい」

セレストの言葉を先読みし、それを否定するメルクリウス。

そんな彼に、セレストはどこか悲痛な顔を向ける。

「……なら、どうしろと言うの？　それ以外に私が生きる意味が一体どこに……」

「生きることに意味が必要なのか？」

「え？」

告げられた言葉に、セレストは言葉を失う。

「あいつは私を超えるため、自分の存在を証明するために、完全なる〝虚ろ〟を求めた。だが、そんなことをする必要もなく、あいつは私を超えるものを生み出していた」

「……？」

「お前だよ、セレスト」

メルクリウスは話を続ける。

その目に僅かな羨望を乗せながら。

「あいつは自らの力のみで完全なゴーレムを、一人の人間を生み出した。私ですらホムンクルスを生み出すのが限界であったというのに、あいつはお前という『心』を持った人間を生み出した。それだけで奴は私を超えていたのだ」

「私が……？」

「そうだ。お前は自分に心がないと言っていたが、あの連中と戦ったことで分かったはずだ。お前にも心はある。そして、その心こそ、お前がゴーレムから人間へと進化した証。奴はお前を失敗作と言っていたが……そうではない。お前こそが、あいつが生み出した本当の最高傑作。〝虚ろ〟などよりも、よっぽど価値ある存在だ」

「…………」

メルクリウスのその言葉に、セレストは答えない。

どう返すべきなのか、彼女にも分からないからだ。

そんなセレストを尻目に、メルクリウスは静かに立ち上がる。

「……これからあなたはどうするの？」

「さてな。私にもこの世界をこのようにしてしまった責任はある。あれが私のホムンクルスとはいえ、あいつの考え方は紛れもない私のそれなのだから。償いとは言えないが、少しでもこの世界の人間や鬼族達のために協力しようと思う。もっとも、彼らが受け入れてくれたらの話だが」

そう言ってメルクリウスは、荒野の果てに視線を送る。

そんな彼に倣うように、セレストもまた彼の隣に並ぶ。

「……じゃあ、私も付き合う」

「いいのか？　それはパラケルススの命令ではないだろう」

問いかけるメルクリウスに、セレストは静かに首を横に振る。

「もう命令は必要ない。私は私自身の意志でこれから生きていく。それが私自身を証明する価値になるのなら、私はそうする」

「そうか」

セレストの決断に、メルクリウスは静かに微笑む。

そうして、二人は歩き出す。

一人は償いのため。もう一人は自分の存在価値を証明するために。

◇　◇　◇

「なんだか随分と久しぶりな気がするな」

そう呟き、オレは目の前にそびえる古城を眺めた。

「うむ、久しぶりの我が家じゃの」

「いやー、今までずっと長旅でしたっすもんねー」

「フンッ、相変わらずボロ臭い城だが、こうして見ると懐かしい感じがするものだな」

「ってか、イスト姉様、こんな辛気臭《しんきくさ》いところに住んでたのー？　うけるー」

続いて、イスト、裕次郎、ブラック、そしてリアが口々に言う。

そうだ。オレ達はやっと、拠点の古城に戻ってきていた。


あれからオレ達は、元の世界ファルタールへと戻った。

最初にオレ達を迎えてくれたのはミーナとソフィアの二人であった。

二人はオレ達が不在の間、広大な魔国領土を統治するために残り、持ち前の統制力で平穏を維持してくれた。

無論、その間にも人間国との和睦《わぼく》を進め、以前ミーナが訪れたレスタレス連合国は勿論、オルスタッド王国とも和平会談の場を設け始めているという。

さすがはミーナであったが、彼女にガルナザークのことを話すと、その表情は僅かに曇った。

「そうアルか……父上が……」

その場に同席していた他の魔物達も少なからずショックを受けていたが、すぐさまミーナがいつもと変わらぬ毅然《きぜん》とした態度でオレに告げた。

「ユウキ。それではなおのこと、お前にこの魔国の統治を任せたいアル。お父様の意志を継いで、魔国と人間国の平和を――」

「いや、それなんだがな、ミーナ。やはり、魔国はお前が統治するべきだよ」

ミーナが言い終わるより早く、オレはそれを断った。

「だが、お前の力のおかげでこの魔国は統一できたアルよ。たとえ、魔王の称号がなくなったとしても……」

「いいや、力で魔国を統一する時代はもう終わりだろう。それにオレ達がいない間、この魔国をまとめ上げたのはお前だろう、ミーナ。なら、それだけでも十分、この魔国を統治する資格を備えているよ。それにさ、オレが魔国の統一に力を貸していたのは、前にも言った通り、娘の……いや、妹のファナを救うためだ。ファナが戻ってきた以上、オレはもう家族と辺境でゆっくりのんびり過ごしたいんだ。それがこの異世界に転移してきたオレの当初の目的だったんだから」

そう告げるオレに、ミーナは一瞬考える素振りを見せたが、すぐさま納得したように頷く。

「……分かったアル。しかし、私達とお前の絆は切れないアル。また何かあればすぐに私達に声をかけるアル。お前のためなら、どんなことでも協力するアル」

「ああ、その時が来たら頼むよ。ミーナ」

「もっちろん、アタシも一緒に協力するよー！　お兄ちゃんー！」

オレがミーナに頷くと、すぐさまソフィアが胸に飛び込んでくる。

それをミーナが慌てて引き剥がそうとしてひと悶着《もんちゃく》あったりしたが、そうしてオレ達は魔国に別れを告げて、イストの古城へと戻ってきたのだった。

「にゃははー！　なるほどー！　ここがユウキの家なのかー！　お化け屋敷みたいで気に入ったのだー！　にゃははははー！」

そしてなぜか、リリムも一緒についてきていた。

「ってか、リリム。お前、本当にオレについてきてよかったのか？　お前も魔人の一人なんだし、ミーナ達のもとに残らなくていいのか？」

「にゃははー！　問題ないのだー！　むしろ私がいない方が、ミーナお姉様もスムーズに魔国の統制をできると言っていたのだー！」

それって、問題児だから遠くに追いやられたとか、そういうの？

オレはそんなことを思いつつも、本人は至って能天気で幸せそうなので、そっとしておくことにする。

「……ユウキ」

そんなことを思っていると、後ろから声がかかる。

振り向くと、そこに立っていたのはオレの母さん、安代未来であった。

「母さん……」

オレは母さんと視線を合わせると、次いでイストに頷きかける。

「うむ。ユウキの母上よ、これからお主を元いた世界――『チキュウ』とやらに送り返す。準備はよいか？」

イストの問いに静かに頷く母さん。

すでにイストの異世界への転移術式は完成しているため、地球への帰還に必要な情報をこの古城に取りに来ていた。

そして、それらが埋まった今、『転移結晶』が切れない限りは、イストは地球とこの世界ファルタールとを自由に繋ぐことができる。

そう、オレと母さんを地球に戻すことができる。

だが――

「本当にいいの、ユウキ？　あなたはここに残ることにして……」

そう尋ねる母さんに、オレは迷うことなく頷く。

「ああ、今やこっちにはオレの仲間がたくさん出来たから、彼らを置いてそのまま帰るのも忍びないし」

「そう、分かったわ。けれど、たまには帰ってきてね？」

「勿論だよ、母さん。なあに、息子が地元から都会に行った程度に思ってくれよ。お盆や年末や、その他の行事とか年に数回は顔を見せるし、なんだったらたまに母さんをこっちの世界に案内するよ。オレも見せたいものがたくさんあるからさ」

「ふふふっ、楽しみにしているわ。けれど今は――」

「うん、分かってる。父さんに母さんの元気な姿を見せてあげてくれ」

オレの言葉に、母さんは力強く頷く。

記憶を取り戻した母さんは、オレに父さんのことを尋ねた。

父さんは母さんのことをずっと気にかけていた。

母さんがいなくなった後、オレが中学、高校、大学と成長していく日々の中、一度たりとも他の女性と関係を持たなかった。

いつか、それとなく聞いた時、父さんは笑いながらこう答えた。

『バカげているかもしれないが、私はあいつのことをまだ愛しているんだ。いつか、もしもあいつが戻ってきた時は前と変わらずに迎えてやりたいから、私とあいつの部屋もそのままにしているんだよ』

それを聞いた時は、最初はオレも一瞬バカげたことだと思った。

けれど同時に、それが叶ったらどんなにいいかと、心の底で願った。

そして、その話を聞いた母さんは涙をこぼし、静かに「あの人に会いたい」と告げた。

「オレのことは、母さんから上手く伝えてくれるかな。オレはもうあの家を出て自立してたけれど、今の勤務先はまあ……ちょっとした海外ってことで誤魔化しといてくれ」

いきなり「異世界にいる」なんて言ったら、さすがに父さんも混乱するだろうし、そのことはおいおい話していこうと思う。

母さんもそれには同意して、「分かったわ」と笑いながら答えてくれた。

「……ママ」

そうして、ファナが母さんの服の袖を掴む。

母さんはそんなファナを愛おしそうに見つめながら、頭を撫でる。

「ファナ。私の大事な娘。あなたのこともとても愛しているわ。寂しくなったらいつでもお母さんの家に来てね。お母さんも寂しくなったらファナに会いに来るから、それまではお兄ちゃんと仲良く暮らすのよ」

「――うん！」

頷き、母さんに抱き着くファナ。

そんなファナを愛おしそうに抱きしめる母さん。

記憶を失っていた間のこととはいえ、母さんにとってファナは紛れもない娘なのだ。

それがたとえパラケルススによる計画の一部だったとしても、それと母娘の愛は別。二人の絆はオレと母さんと同じ――いや、それ以上に強く結ばれている。

愛しい娘のおでこにキスをし、母さんは静かにイストに一礼する。

「うむ。何かあれば、渡してある『通信石』で語りかけるがいい。それならば、たとえ世界が離れていても儂のところへ通信が来る」

「何から何までありがとうございます。魔女様。それとユウキのことも、よろしくお願いいたします」

「なっ⁉」

「はっ⁉」

頭を下げる母さんを前に、思わず赤面して狼狽するオレとイスト。

「ゆ、ユウキのことをお願いって……！　そ、それはその、ど、どういう意味でのことじゃ⁉　母上殿よ⁉」

「ちょ、母さん！　勘違いしないでくれよ！　イストとはそういう関係じゃなく……！」

「あら？　だってあなた、イストさんの城の居候《いそうろう》になっているのでしょう？　それってつまり、そういうことじゃないの？」

「ち、ちがーーーう！　こやつはただの居候じゃ！　それ以外の何者でもないわー！　そもそも、このような朴念仁《ぼくねんじん》など、儂の好みなどでは……！」

「お、おい、ちょっとイスト。その言い方はないだろう」

「そうだぞ、魔女娘。そもそも貴様と主様が釣り合うわけがなかろう」

「なんじゃとー!?　この腰巾着黒龍めが！　やる気かー!?」

「ま、まあまあ、イストさんもブラックさんも落ち着くっすよー」

「あはははー、なんかイスト姉様、ムキになってて超ウケるしー。ってか、姉様にその気がないなら、うちがユウキのこと狙っちゃおうかなー、みたいなー」

「なっ!?　いきなり何を言っておるのだ、お主はー！」

「だ、だめー！　パパ……じゃなかった！　お兄ちゃんはファナのお兄ちゃんなのー！！」

「にゃははははー！　ユウキはモテモテなのだなー！　ま、まあ私はそういう話題はちょっと苦手なのだが……ゆ、ユウキならば、その私も色々と考えてみるのだー！　に、にゃははははー！」

そんな風に好き勝手言いながらオレを取り囲む仲間達を見て、微笑む母さん。

オレもまた、そんな仲間達の笑顔と重なるように笑い出す。

異世界へと転移し、これまで様々な物語を積み重ねてきた。

そこで出会った仲間達は、今やオレにとって、かけがえのない家族と言える。

オレはそんな家族達と共に、これからも楽しく、そして自由に過ごしていくだろう――

●各定価:本体1200円+税
Illustration:マツモトミツアキ
~15巻 好評発売中!

CV 深澄 真:花江夏樹
巴:佐倉綾音　澪:鬼頭明里
監督:石平信司　アニメーション制作:C2C

異世界へと召喚された平凡な高校生、深澄真。彼は女神に「顔が不細工」と罵られ、問答無用で最果ての荒野に飛ばされてしまう。人の温もりを求めて彷徨う真だが、仲間になった美女達は、元竜と元蜘蛛!? とことん不運、されどチートな真の異世界珍道中が始まった!

コミックス
1~8巻
好評発売中!

漫画:木野コトラ
●各定価:本体680+税 ●B6判

無限のスキルゲッター！

mugen no skill getter

∞毎月レアスキルと大量経験値を
貰っている僕は、
異次元の強さで
無双する∞

maruzushi
まるずし

人々のお悩み事を
無限のスキルでサクッと解決！

超絶インフレEXPファンタジー、堂々開幕！

一生に一度スキルを授かれる儀式で、自分の命を他人に渡せる「生命譲渡《サクリファイス》」という微妙なスキルを授かってしまった青年ユーリ。そんな彼は直後に女性が命を落とす場面に遭遇し、放っておけずに「生命譲渡《サクリファイス》」を発動した。あっけなく生涯を終えたかに思われたが……なんとその女性の正体は神様の娘。神様は娘を救ったお礼にユーリを生き返らせ、おまけに毎月倍々で経験値を与えることにした。思わぬ幸運から第二の人生を歩み始めたユーリは、際限なく得られるようになった経験値であらゆるスキルを獲得しまくり、のんびりと最強になっていく——！

◉定価：本体1200円＋税　◉ISBN 978-4-434-28127-3

◉Illustration：中西達哉

この作品に対する皆様のご意見・ご感想をお待ちしております。

おハガキ・お手紙は以下の宛先にお送りください。

【宛先】

〒150-6008 東京都渋谷区恵比寿 4-20-3 恵比寿ｶﾞｰﾃﾞﾝﾌﾟﾚｲｽﾀﾜｰ 8F
（株）アルファポリス　書籍感想係

メールフォームでのご意見・ご感想は右のＱＲコードから、
あるいは以下のワードで検索をかけてください。

アルファポリス　書籍の感想　検索

ご感想はこちらから

本書はWebサイト「アルファポリス」（https://www.alphapolis.co.jp/）に投稿されたものを、改題・改稿のうえ、書籍化したものです。

神《かみ》スキル『アイテム使用《しよう》』で異世界《いせかい》を自由《じゆう》に過《す》ごします３

雪月花（せつげっか）

2021年 1月 30日初版発行

編集－仙波邦彦・宮坂剛
編集長－太田鉄平
発行者－梶本雄介
発行所－株式会社アルファポリス
〒150-6008 東京都渋谷区恵比寿4-20-3 恵比寿ｶﾞｰﾃﾞﾝﾌﾟﾚｲｽﾀﾜｰ8F
TEL 03-6277-1601（営業）　03-6277-1602（編集）
URL https://www.alphapolis.co.jp/
発売元－株式会社星雲社(共同出版社・流通責任出版社)
〒112-0005東京都文京区水道1-3-30
TEL 03-3868-3275
装丁・本文イラスト－にしん
装丁デザイン－AFTERGLOW
印刷－図書印刷株式会社

価格はカバーに表示されてあります。

落丁乱丁の場合はアルファポリスまでご連絡ください。

送料は小社負担でお取り替えします。


ISBN978-4-434-28401-4　C0093